約《やく》束《そく》の木

作　菊池和美
絵　藤本有紀子

てらいんく

約束《やくそく》の木

もくじ

約束《やくそく》の木　5
ひとりぼっちのコロ　113

約《やく》束《そく》の木

1　小さな町の小高い山

背《せ》の高いビルがいくつも重《かさ》なって立《た》ち並《なら》ぶ都会《とかい》の街《まち》。

そこでは、人々がいつもいそがしそうにすれ違《ちが》っています。

都会は夜になってもまるで真昼《まひる》のように明るくて、自動車《じどうしゃ》の光がいくつもの筋《すじ》を引いて道いっぱいに走ります。

これはそんな都会から電車で三十分くらい離《はな》れた、とある小さな町のお話です。

その町の駅《えき》に初《はじ》めて降《お》りた人は、駅員《えきいん》がいないことにまずびっくりします。

駅を降りた人は切符《きっぷ》をどこにおいていいかわかりません。

仕方《しかた》なく改札口《かいさつぐち》の小さな箱《はこ》の中に入れて出るのです。なぜ駅員がいないのでしょうか？　それはあまり多くの人がこの駅で降りることはないし、それに切符を買わないで乗《の》る人はいないと駅の人が信《しん》じているからです。

次《つぎ》に驚《おどろ》くのは、人々の洋服《ようふく》があまりおしゃれでないことです。きらびやかな色合いの服装《ふくそう》の人はめったにいません。それどころか、ときには農作業《のうさぎょう》で汚《よご》れたシャツと破《やぶ》れたズボンで歩いている人もいます。そんな人に出会うと、都会からわずか三十分しか離れていないのに、何だかとても田舎《いなか》に来たような気がします。

そしてまた、初めてこの町に来た人が驚くのは、どの家も玄関《げんかん》にカギをかけていないことです。だれでも入れそうな不用心《ぶようじん》な家だらけです。なぜなら、この町の住民《じゅうみん》は昔《むかし》からここに住《す》む、隣同士《となりどうし》をよく知っている農家の人が多いからです。

でもこのごろは、田んぼや畑《はたけ》に新しい家ができ始《はじ》めて、都会に勤《つと》める一家が引《ひ》っ越《こ》してくるようになりました。

つい最近《さいきん》も、大きなニュータウンが町の北側《きたがわ》にできて、背《せ》の高いビルが建《た》ち始《はじ》めました。

さてさて、この町のいちばん南のはずれには、町のはしを縁取《ふちど》るように小高い山がそびえていました。

小高い山にはクヌギやコナラ、シイやマツや山桜《やまざくら》などの木が植《う》えられていました。

春の芽《め》吹《ぶ》きのころには新芽が開《ひら》き、まるで山全体がにこにこ笑《わら》っているように、ピンクや黄色や黄緑《きみどり》のやさしい色で染《そ》まります。

寒《さむ》い冬に耐《た》えてきた町の人は、山が色づき始めるとなんだか心が浮《う》き立《た》つように感《かん》じます。

夏には新芽がぐんぐん大きくなって緑色が濃《こ》くなります。

緑といっても、少し茶色い緑、黒に近い濃い緑、黄色に近い明るい緑などがあります。でも、下の町から見ると、山は緑で埋《う》まっているように見えるのです。

秋から冬にかけて、山では木々が葉《は》っぱを落《お》とす準備《じゅんび》を始めます。木の葉が赤や黄色や茶色に色づき、山全体がうす茶色に染まります。それを見て、人々は長い冬を迎《むか》える支度《したく》を始めます。

寒い冬には、ところどころに残《のこ》ったカシやマツなどの緑を残して、山は、裸《はだか》ん坊《ぼう》になって眠《ねむ》りにつきます。ときには、雪が山をおおいます。

その間、山はじっと静《しず》かに暖《あたた》かい春を待《ま》つのです。葉を落とした木々は春に備《そな》えて芽をつけ、鳥や虫たちは新しい命《いのち》を生む準備に入ります。そしてまた、いつの間にか待《ま》ち望《のぞ》んでいた春がやってきます。山の一年はこうして繰《く》り返《かえ》されるのです。

2　大きなコナラの木

山に近づいてみると、一つに見えた山は三つの山が重《かさ》なりあってできていることがわかります。東側《ひがしがわ》には背《せ》の高い東山、西側にはなだらかな西山、そうして南側にはいちばん小さな南山がありました。

山の入り口をどんどんのぼっていくと、急《きゅう》に空がぽかっとあいたような広い原っぱに行《ゆ》き着《つ》きます。

原っぱから道は三つに分かれます。一つは東山へ行く道、二つ目は西山へ行く道、そして三つ目は南山へのぼる道です。

原っぱの真《ま》ん中《なか》に一本の大きな木が立っていました。木は枝《えだ》を空一面《いちめん》に広げて立っていました。なんと広い枝でしょう。およそ直径《ちょっけい》十メートルはあるでしょう。

心地《ここち》よい春の風がそよそよと吹《ふ》くたびに小さな枝がふるえます。枝がふるえるたびに、若《わか》い黄緑色《きみどりいろ》の葉《は》っぱがキラキラ光ります。この大きな木は、この辺《あた》りではいちばん背が高くて太いコナラの木だったのです。

幹《みき》には「保存樹《ほぞんじゅ》」という看板《かんばん》がつけてありました。

その木はいろいろな小鳥が羽を休める休憩所《きゅうけいじょ》にもなっていて、ときには大きなタカまでとまることがあるのです。それでその看板は、「とても大きくて大切な木だからこれからもずっと切らないよ」と人間が約束《やくそく》した印《しるし》です。

コナラの木の下にはベンチがありました。

だれが置《お》いたのか、ちょうど子どもがふたり座《すわ》れるくらいの小さな木のベンチでした。

背もたれの木が一本傾《かたむ》き、いまにも外れてしまいそうな古い古いベンチでした。

ベンチにはだれが座りにくるのでしょうか？

町からハイキングにやってくる大人でしょうか？

学校が終《お》わってから遊《あそ》びにくる子どもたちでしょうか？

山の畑《はたけ》を耕《たがや》しにくる農家《のうか》のおじいさんとおばあさんでしょうか?
ベンチはだれかが座《すわ》ってくれるのをじっと待《ま》っているようでした。
いったい、だれが今日《きょう》、このベンチに座るのでしょうか?
このベンチに座る人がこの本の主人公《しゅじんこう》なのです。

3　ポンタとポン子

今日はとてもいい天気でお日様《ひさま》が山全体《ぜんたい》を照《て》らしています。ときどきぽっかり浮《う》かんだ白い雲が風に吹《ふ》かれて、お山に影《かげ》を落《お》とします。でも、その雲が行ってしまうとまた明るい光が山に戻《もど》ります。

春の日差《ひざ》しをあびて、木の芽《め》が「すくすく、ぐんぐん」と音をだしてのびています。その音は人間には聞こえないけれど、ここにすむ鳥や虫たちにはちゃ

保存樹

んと、「すくすく、ぐんぐん」と聞こえているに違《ちが》いありません。

太陽《たいよう》がお空の真上《まうえ》に来て、辺《あた》りはぽかぽか暖《あたた》かくなりました。

「キンコンカンコン」遠くで町のチャイムの音が聞こえました。お昼です。

おや？　ベンチの上にだれかの影《かげ》が見えますよ。

ハイキングの大人がお弁当《べんとう》を広げているのでしょうか？　いいえ、そうではないようです。子どもの元気な声も聞こえません。おじいさんおばあさんのく・わ・もそばにはありません。ベンチに座《すわ》ったのはいったいだれでしょうか？

ベンチの背《せ》もたれからふさふさしたしっぽが二つはみでています。茶色くてかわいいしっぽです。後ろからそーっと近づいてみましょう。

おや、座ったのはこの山の子ダヌキのポンタとポン子のようですね。

ふたりの耳が近づいたり遠くなったりしています。ポンタの耳は先っぽが少しこげ茶色で、小さな切れ目が入っています。ポン子の耳はやわらかいクリーム色で、ふさふさの毛がのびています。ふたりは仲良《なかよ》しの友達同士《ともだちどうし》で、毎日この原っぱにコナラのどんぐりを拾《ひろ》いにきているのです。

コナラの木の下には、帽子《ぼうし》をかぶった小さなどんぐりが何千何万と落《お》ちています。どんぐり拾いは、タヌキの家族《かぞく》では子どもたちのりっぱなお手伝《てつだ》いです。拾ったどんぐりは家族みんなのおやつになるのです。

いつもはどんぐり拾いの後にベンチで楽しくお話しするのに、今日《きょう》はしんみり下を向《む》いています。こんなことはめったにありません。いったい、どうしたのでしょうか?

もう少し近寄《ちかよ》ってふたりの話を聞いてみましょう。

4　別《わか》れ

「ポン子ちゃん、本当に引《ひ》っ越《こ》してしまうのかい?」

「そう、今夜出発《しゅっぱつ》するってお父さんが言ってたの」

「どうしてそんなに急《きゅう》に決《き》まったの？　ぼくさびしいよ」

「それはね、昨日《きのう》の三時ごろのことなの。巣穴《すあな》のおうちでお父さん、お母さん、妹たちみんなでおやつを食べていたら、まるでお空が割《わ》れたような『ぎーん』という大きな音がしたの。驚《おどろ》いて巣穴から飛《と》び出《だ》したら、近くの木を、人間が大きなのこぎりで切《き》り倒《たお》しているところだった。

みんな驚いて巣穴に隠《かく》れたわ。じっと身《み》をひそめていたら、今度《こんど》は大きなブルドーザーが地面《じめん》を掘《ほ》り返《かえ》したの。だから、巣穴を飛び出して奥《おく》の畑《はたけ》に逃《に》げたのよ。そこでみんな丸くなってじっとしていたら、ブルドーザーはどんどん地面を掘り返していって、とうとうわたしの家も壊《こわ》されてしまったの。

そのうち、辺《あた》りが暗《くら》くなって、ようやくブルドーザーが町の方へ帰ったから、わたしたちは家へ戻《もど》ってみたの。

家の中はめちゃくちゃだった。わたしの寝床《ねどこ》もお母さんの戸棚《とだな》も何もかも。

昨日の夜は少しだけ残《のこ》っていたどんぐりを食べて、みんなで丸まって眠《ねむ》ったの。そのときお父さんが言ったの。もう、ここにはいられない。今日はひとまず眠って、明日《あす》の夜に引《ひ》っ越《こ》ししよう、ってね。

だから、今夜、わたしたち一家は安全《あんぜん》なところへ逃げることになったの。でも、その前にどうしてもポンタにお別《わか》れを言いたくて」

うーん、これは大変《たいへん》です。

ポン子の家は東山にある小さな洞穴《ほらあな》です。その辺りで、昨日から大工事《だいこうじ》が始《はじ》まったのです。木を切り倒し、地面を平《たい》らにする大がかりな工事が。話をしながらも、ポン子は必死《ひっし》に涙《なみだ》をこらえているようでした。

ポンタはそんなポン子を落《お》ち着《つ》かせ、自分も落ち着くために一回深《ふか》く息《いき》を吸《す》いました。

そして、聞きました。「どこへ引っ越しするの？」その声はやけに低《ひく》くてしわがれていて、自分で驚いてしまいました。

ポン子はうつむいて答えました。「わからない。でも、東山にはもういられないの」

ポンタはいちばん心配《しんぱい》していたことを聞きました。

「でも、どこへ引《ひ》っ越《こ》しても、またここにどんぐりをとりにくるだろう?」ポン子は顔を上げて答えました。

「ええ、きっと毎日来るわ。だってこのコナラの木ほどたくさん実《み》をつける木はこの辺《あた》りにはないから」本当はポンタに会いたいから、と心の中で思いましたが、なんだかはずかしくて言えませんでした。

ポンタはほっとしました。これからもポン子と会えるのです。うれしくなって言いました。

「ぼくの家は西山で安全《あんぜん》だからこれからも毎日ここでどんぐりを拾《ひろ》うよ。だから、きっと会えるよね」

「でも、お父さんは西山もいつか壊《こわ》されるかもしれないって言っていたけれど」

ポン子はそう言いかけて口をつぐみました。

ポンタを心配させたくなかったのです。

「新しいおうちが決《き》まったら、ポン子もきっとここへ来てね、ぼくは毎日このベンチでちょうどチャイムのなる今時分に待《ま》ってるよ。この木は人間が切らないと約束《やくそく》した木だから、いつまでもここにあるからね」

「ウン、この木はどこからでも目立つほど高いからだいじょうぶ。新しいおうちが見つかって落《お》ち着《つ》いたら、きっと来るから待っててね」ポン子も明るい声で答えました。

「きっとだよ」「きっとね」

「約束だよ」「約束するわ」

「じゃあ、約束」「ウン」

ふたりは小さな小指《こゆび》で、「指切りげんまん」をしました。

「指切りげんまん、うそついたら針《はり》千本飲《の》ます、指切った！」

ふたりはこの約束《やくそく》の木の下でまた会うことを固《かた》くちかいました。

「これ、今日《きょう》ぼくが拾《ひろ》ったどんぐりだけど、全部《ぜんぶ》ポン子にあげるよ」

これから少しの間、どんぐりを拾うことができないかもしれない、そう思ってポンタは拾ったどんぐりを全部ポン子の手に渡《わた》しました。ポン子は大きなホオの葉《は》っぱでどんぐりを包《つつ》みました。

「ありがとう、わたしは代《か》わりにこの木箱《きばこ》をあげるわ。これにいっぱいどんぐりを拾ってね」

ポン子はかわいい絵柄《えがら》のついた木箱をポンタに手渡しました。

これはポン子のお気に入りの箱でした。ずっと前、人間の子どもたちがベンチの上に忘《わす》れていったのを見つけたのです。ポンタもいっしょに見つけたけど、ポン子が先に見つけたからポン子は自分の宝物《たからもの》にしたのです。でも、本当はポンタがとてもほしがっていたのを知っていました。

ふたりはやがてベンチを下りて、大きな木の下をそれぞれ西と東に分かれて

保存樹

いきました。

いつまでもいつまでもふりかえりながら。

5 ツグミの里帰り

あくる日から、お昼のチャイムが鳴るころには、山のベンチに毎日ポンタのしっぽが見えました。ポンタのひざの上にはポン子からもらった木箱《きばこ》があって、その中にはあふれるほどのどんぐりが入っていました。

ポン子のためにせっせとどんぐりを拾《ひろ》って待《ま》っていたのです。

「きっとポン子は引《ひ》っ越《こ》しさわぎでいそがしくってどんぐりを拾う時間がないだろうな。だから代《か》わりにぼくがたくさん拾ってあげるんだ」

ポン子がいつものようにふさふさしたしっぽをふりながらやってくるのを、

ポンタは楽しみにして待ちました。

ポンタはチャイムが鳴ってお昼がとっくに過《す》ぎても待《ま》ち続《つづ》けました。でも、ポン子のしっぽがベンチに並《なら》ぶことはありませんでした。

ポン子が引っ越してから、もう一週間がたちました。ポン子の巣穴《すあな》のあった東山では、のこぎりとブルドーザーの音がひっきりなしに続いています。

ポン子を待つようになってから、ポンタはコナラの木の幹《みき》に一日に一本、ツメで線を入れました。七本の線が並んでもポン子はベンチに来ませんでした。

それでも、ポンタは思いました。「きっと引っ越しの後かたづけでいそがしいんだよ」と。

食事《しょくじ》のテーブルを用意《ようい》したり、寝床《ねどこ》のわらを敷《し》いたり、きっと毎日大いそがしさ。だから、ポン子は来られないんだ。

それからも、ポンタの引く線が増《ふ》えていきました。

とうとう、ポンタが数えきれないほどの線が刻《きざ》まれました。ポンタはそれでも数えます。

「一つ、二つ、三つ……十」ポンタが数えられるのは両手《りょうて》の指《ゆび》を使《つか》っても十までです。それ以上《いじょう》は数えられないので、また「一つ、二つ、三つ……」と数えます。十まで数えるとまた一に戻《もど》ります。

ポン子が引《ひ》っ越《こ》して十を三回くらい繰《く》り返《かえ》しました。数はわからないけれど、ずいぶんと日にちがたったことがポンタにはわかりました。

いつの間にか、お山の季節《きせつ》はすっかり変《か》わりました。木が青々としげり、すっかり緑《みどり》におおわれました。春真《ま》っ先《さき》に咲《さ》いていた黄色いタンポポは綿毛《わたげ》になって飛《と》び立《た》ちました。

春先に「ホーホケキョ」とさかんに鳴いていたウグイスも、このごろは静《しず》かになりました。

きっとやぶの中に巣《す》を作って卵《たまご》を産《う》んだのでしょう。いまは生まれた子どもたちのえさやりで大いそがしのはずです。

東山から引っ越してきたエナガやコガラも、何《なん》とか西山にすみかを見つけて子育てができたようです。高い木の上をたくさんの群《む》れで行ったり来たりしています。

エナガの尾羽《おばね》はとても長くて、体と同じくらいありそうです。小さい体ですばやく枝《えだ》から枝に移《うつ》ります。右、左とたえず体の向《む》きを変えて、いっときもじっとしていません。せっかくのかわいいひとみをだれにもじっくりと見せることもなく、いつもせわしなく動《うご》いています。

ときどきは、ベンチの上のコナラの枝にやってくることがあります。それは、とてもうれしい瞬間《しゅんかん》です。かわいいエナガたちを真下《ました》から見ることができるからです。そんなとき、ポンタはエナガを驚《おどろ》かせないために、自分もベンチになってしまったようにじっとしていなくてはなりません。ちょっとでもポンタが身動《みうご》きすると、エナガたちはさっと飛び立ってしまいます。エナガの小さな目は何でも見えるすごい目だなとポンタは感心《かんしん》します。

冬の間に遠く北から渡《わた》ってきたツグミも、ときどき原っぱにやってきます。ツグミはいつも地面《じめん》をつついています。

一体何をつついているのか、ポンタは不思議《ふしぎ》に思って、ベンチを下りてツグミのつついた地面を見にいったりします。でも、何をつついていたのかわかりません。仕方《しかた》なくベンチに戻《もど》ります。でも、ひとりぼっちでベンチに座《すわ》っているポンタには、ツグミが来るのはとてもうれしいことです。多分、ひとりぼっちのツグミもポンタを歓迎《かんげい》しているに違《ちが》いありません。

その証拠《しょうこ》に、このごろはポンタがいてもあまり気にせずに、地面をつついているからです。

もう少ししたらきっとよいお友達《ともだち》になれたに違いないのですが、そろそろツグミは遠い国へ帰る季節《きせつ》です。

お友達になったら、ポンタは絶対《ぜったい》にツグミに聞いてみようと思うことがありました。それは、ツグミたちはいったいどこへ行くのかということです。

そこで今日《きょう》こそはきっと聞いてみようと心に決《き》めて、胸《むね》をおどらせながら原っぱにやってきました。「なんて言いだそうかな」と考えながら。

最初《さいしょ》は、「ツグミさん、お話があるんだけど」がいいかな、それとも、「ツグミくん、友達になって」かな、などと考えて、口の中で何回も練習《れんしゅう》しました。

でも、原っぱにはいつも地面をつついていたあのツグミの姿《すがた》はありませんでした。

あんなにドキドキしながらここへやってきたのに。ポンタは肩《かた》の力が抜《ぬ》けてしまいました。ツグミは朝早く遠くの国へ旅立《たびだ》ったのでしょう。

ポンタは、どこか遠くに飛《と》び立《た》ったツグミが、とてもうらやましくも思いました。

ぼくたちにも羽が生えて新しい国に飛んでいけたらどんなにいいだろう。でも、ぼくらに羽はないし、どこへも飛んでいけない。だから、ここで何があっても暮《く》らしていくしかないんだ、ポンタはそう思《おも》い直《なお》しました。

6　動物《どうぶつ》の特技《とくぎ》

そのとき、いつかお父さんが言っていた言葉《ことば》を思い出しました。

「ポンタ、この森の中にはいろんな動物たちがすんでいるけれど、みんな生きるために、何か一つは得意《とくい》なことをもっているのさ。

例《たと》えば、小鳥たちはどこでも飛《と》べる羽をもっている。高い木の枝《えだ》を飛び回り、巣《す》を作りえさをとって子どもを育てるんだ。

コゲラやアオゲラを見てごらん。じょうぶなくちばしで木をつついて、虫をとっている。おまけに、深《ふか》い巣穴《すあな》まで作るんだよ。

昆虫《こんちゅう》たちだって同じだよ。例えば、カミキリムシはね、広い森の中でオスとメスが出会うために、特別《とくべつ》なにおいを出しているんだよ。

クヌギの樹液《じゅえき》に集《あつ》まるクワガタやカブトムシは、大きな角でほかの昆虫を追《お》い払《はら》って、いのいちばんにごちそうにあずかるのさ。地面《じめん》に生えるいろんな草はどうだろう？　春いちばんに地面にはいつくばって咲《さ》くタンポポは、葉《は》っぱを四方八方に広げて、春のお日様《ひさま》を体いっぱいに受《う》け取《と》る工夫《くふう》をしているのさ。

森の生き物《いもの》たちはみんな、特技をもっていて、うまくそれを使《つか》いながらほかの生き物たちと折《お》り合《あ》って暮《く》らしているんだよ」

それを聞いて、思わずポンタはお父さんに聞きました。

「じゃあ、人間はどうなの？　人間は頭がよくて、森の中ではわがもの顔だよ。人間がその気になれば、どんな大きな木だって電気のこぎりで倒《たお》してしまえるんだ」

「そうか、人間か」お父さんはちょっと間をおいて答えました。

「確《たし》かに人間は頭がよいという特技があるな、その頭のよさで機械《きかい》を作って操《そう》縦《じゅう》している、森を壊《こわ》すくらいの機械《きかい》をな」

「そうだよ、父さん、人間は頭がよくて何《なん》でも作れるから特別《とくべつ》なんだよ。でも、なぜ人間だけがそんな力をもっているの?」

「ポンタ、人間が森を壊すようになったのは最近《さいきん》のことなんだよ。いままでは人間が森の雑木《ぞうき》を少しずつ切っていたから、森の木が順繰《じゅんぐ》りに育《そだ》っていたんだよ。森には光が入って、たくさんの生《い》き物《もの》たちがそのおかげで暮《く》らせたのさ。でも最近は、森が必要《ひつよう》なくなったから人間は森を壊《こわ》し始《はじ》めたのさ」

「なぜ森が必要なくなったの?」

「それはね、昔《むかし》は森の木をマキや炭《すみ》にしていたけれど、いまは便利《べんり》なガスとか石油《せきゆ》とかいうものが世《よ》の中《なか》に出回ったからさ。それに、プラスチックとかいう便利なものができて、自然《しぜん》の木を使《つか》わなくても、いろんな道具《どうぐ》が作れるようになったのさ」

そんな言葉《ことば》ではポンタは納得《なっとく》がいきません。

「それにしても、人間はほかの生き物と折《お》り合《あ》ってなんかいないよ」

お父さんは鼻《はな》の下を人差《ひとさ》し指《ゆび》でなでて、少し考えていました。お父さんは、ポンタに問《と》いつめられ、返事《へんじ》に困《こま》ったときは、いつも鼻の下をなでるのです。

「確《たし》かに人間は知恵《ちえ》がある。だがそれがいちばんの特技《とくぎ》とは言えないよ」

「じゃあ、何が人間の特技なの？　これ以上《いじょう》強い特技が人間にはあるの？」

「人間だけではなく、生き物だれでもがもっているものが一つあるのさ」

「それはぼくももっているもの？」

「そうだよ」

「人間がこうして森を壊すのは、人間がそれを十分使っていないからなんだ」

「もし人間がそれを使えば、森の動物《どうぶつ》たちと仲良《なかよ》く暮らしていけるの？」

「ああ、そうだと思うよ」

「何《なん》だろう？　ぼくにはわからないな、教えてよ、お父さん」

「いやいや、ポンタにもそのうちわかるときがくるよ」

それきりお父さんは口をとじました。その目はなんだかとても悲《かな》しい色をしていました。

7　カラスの悪知恵《わるぢえ》

東山の木が切られて狭《せま》くなった森では、縄張《なわば》り争《あらそ》いでケンカをするカラスたちのさわがしい声が頻繁《ひんぱん》に聞こえるようになりました。

カラスはとても知恵者《ちえしゃ》です。

例《たと》えば、こんなことがありました。ベンチでポンタが見ていると、一羽のカラスが近くの木の上にとまりました。カラスは何か丸っこいかたまりを口にくわえていました。

どこかでおいしいえさを見つけたのでしょう。そのうち、それを足に持《も》ち替《か》えてくちばしでつつき始《はじ》めました。どうやら細かくくだいて食べようとしているようです。

そのとき、空から大きな黒々とした別《べつ》のカラスがやってきて、えさをもったカラスの右隣《みぎどなり》にとまりました。そして、「がーがー」と鳴いて、えさをよこせとおどかし始めました。

すると、おどされたカラスは「いやだよ」と言うように、口にえさをくわえて飛《と》び立《た》とうとしました。しかしそのとき、三羽目のカラスが空からやってきて、えさをくわえたカラスの左隣にとまりました。そして、えさをくわえたカラスの足を、飛び立てないように「がっし」とおさえました。

右隣のカラスも同じく「がっし」と足をおさえこみました。

えさをくわえたカラスは、両足《りょうあし》をおさえられてしまっては身動《みうご》きできません。がーがーと鳴いて逃《に》げようとしたとたんに口からえさを落《お》としてしまいました。

すると、右隣のカラスはさーっと急降下《きゅうこうか》して、落としたかたまりをくわえました。そして、あとから来たカラスといっしょにどこかへ飛《と》んでいきました。どうやら二羽のカラスは仲間《なかま》らしく、いっしょになって最初《さいしょ》のカラスのえさを横《よこ》取《ど》りしたようでした。

下からずっとそれを見ていたポンタは、いつか言っていた父さんの言葉《ことば》をふっと思い出しました。

お父さんは「動物《どうぶつ》たちはみんな何か特技《とくぎ》をもって森の中で暮《く》らしている」って言ってたけれど、カラスの特技ってなんだろう？

それは仲間同士《どうし》で協力《きょうりょく》してほかのカラスのえさをうばうことだろうか？　自分はえさをとらないで、ほかのカラスから横取りする悪知恵《わるぢえ》だろうか？

そうだとしたらとても悲《かな》しいことだな、とポンタは思いました。

また、こうも思いました。

「昔《むかし》はこんな争《あらそ》いはこの山ではなかったのに。すむ場所《ばしょ》が狭《せま》くなったからかもしれない」

そういえば、お父さんが言っていた「人間が使《つか》っていないもの」ってなんだろう？

ポンタにはその答えがどうしても見つかりませんでした。

8　東山

ポンタがポン子と初《はじ》めて出会ったのは、ちょうど去年《きょねん》のいまごろです。

その日のことをポンタはとてもよく覚《おぼ》えています。

ポンタと茶っぽの家族《かぞく》は、西山にある谷間の斜面《しゃめん》の巣穴《すあな》に隣同士《となりどうし》ですんでいました。二つの巣穴の間には、山からしみでるわき水が流《なが》れていました。そのわき水には沢《さわ》ガニがすんでいるので、ポンタや茶っぽはそれを見つけるのが楽しみでした。

その日、ポンタと茶っぽは沢《さわ》ガニとりの後に、石ころに腰《こし》かけて秘密《ひみつ》の相談《そうだん》をしました。

「茶っぽ、あした東山へ行ってみないか」とポンタ。

「おいしい木の実《み》がなっているかもしれないね」と茶っぽ。

「不思議《ふしぎ》な生《い》き物《もの》がいるかもしれない」とポンタ。

「まだ一回も行ったことないから」「行ってみようよ」ふたりの意見《いけん》はまとまりました。

お父さんたちは行ったことがあるようでしたが、子どものポンタと茶っぽはいままで一度《いちど》も東山へ行ったことがなかったのです。どんなに遠くても、西と東の山が出会うコナラのベンチのある原っぱまでしか行ったことはありませんでした。

ふたりはそれまでも東の山のことをいろいろ想像《そうぞう》して話し合っていました。

「東の山には羽を広げると十メートルもあるすっごく大きな鳥がすんでいるら

しいよ。その鳥は木の上からいつも下を見ていて、悪《わる》いことをするタヌキがいたらつかまえて飲《の》みこんでしまうらしいよ」

「東の山にはすっごく大きなスズメバチがすんでいて、巣《す》に近づくとハチの大《たい》群《ぐん》が空を染《そ》めるくらい真《ま》っ黒《くろ》になって追《お》いかけてくるらしいよ」茶っぽのそんなこわい話ばかりではとても東側《ひがしがわ》に行く気にはなれません。

でも、こんな話を聞くとやっぱり東の山に行ってみたくなるのです。「東の山にはおいしい木の実《み》がたくさんあるらしいよ。山全部《ぜんぶ》が赤くなるくらいね」

いつか東の方へ行ってみたい、いつか機会《きかい》があったらいっしょに行こうと話し合っていました。

明日《あす》はタヌキ広場でタヌキ集会《しゅうかい》があるので、お父さんもお母さんもみんな出かけます。そこで、ポンタと茶っぽのふたりはついに東の山に行く計画を実行《じっこう》することにしたのです。

あくる朝、お父さんとお母さんがタヌキの集会に出かけた後、ふたりはどんぐりのお弁当《べんとう》を持《も》って家を出ました。

いつものクヌギ林を抜《ぬ》けてしばらく歩くと、コナラのベンチの原っぱに着《つ》きました。そのベンチにふたりは仲良《なかよ》く腰《こし》かけて、持ってきたどんぐりを食べました。まだお昼のチャイムは鳴っていなかったのですが、今日《きょう》はここからさらに東に行くので早めにお昼を食べました。

さて、いよいよ東山へ出発《しゅっぱつ》です。

コナラのベンチの原っぱから東の山へは細い山道が続《つづ》いています。そこをまっすぐ行けば、東山の頂上《ちょうじょう》に行きつくはずです。

これまでも、農家《のうか》のおじさんやおばさんがこの道をのぼっていくのを見かけたことがありました。行きはからのかごを背中《せなか》にしょって上がっていき、帰りには茶色の落《お》ち葉《ば》をあふれるほどかごにつめて下りてくるのです。

落ち葉は山の畑《はたけ》にまくためのものでした。どうやら山の落ち葉はとてもよい肥料《ひりょう》になるらしいのです。

山の落ち葉をまいた畑のそばを通ると、あまいようなちょっとすっぱいようなにおいがします。

「くさい！」そのそばを通ると、そう言って茶っぽはいつも鼻《はな》をつまみます。でも、だれにも言えないのですが、ポンタはそのにおいはそれほどきらいではありません。そのにおいをかぐと、まだ行ったことのない東の山に行ったような気持ちがするのです。

東の山の頂上に行く道は木がおおいかぶさっていてうす暗《ぐら》い急坂《きゅうざか》です。ところどころで木の根《ね》が道をふさいでいるので、ふたりはそれをまたいで歩かなくてはなりません。それがけっこう疲《つか》れます。

息《いき》を切らしてふうふう言いながらのぼっていくと、ようやく平《たい》らな広場に着《つ》きました。

「やったー」とふたりは抱《だ》き合《あ》って喜《よろこ》びました。やっと頂上に着いたのです。

とちゅうで大きな鳥にも会わなかったし、スズメバチにも会いませんでした。

ようやくほっとしてポンタは言いました。「茶っぽ、大きな鳥やスズメバチの話はだれかの作り話だったんだね」

茶っぽは赤くなって答えました。

「うそじゃなくって、本当にどこかにいるに違《ちが》いないよ。のぼり道が急《きゅう》だったから、周《まわ》りを見なかっただけかもしれないさ」

ポンタは茶っぽを責《せ》めたのではなくって、あの、山いっぱいの木の実《み》の話もただの作り話だったら残念《ざんねん》だ、と思ったのでした。

ふたりは汗《あせ》をふきふき周りを見渡《みわた》しました。

ぽかんとあいた頂上《ちょうじょう》の真《ま》ん中《なか》には、一本とても背《せ》の高いマツの木がありました。そして、その幹《みき》には何やら札《ふだ》がかけられていました。

茶っぽとポンタは札の文字《もじ》を確《たし》かめました。「保存樹《ほぞんじゅ》」という文字が書かれていました。あの、大きなコナラの木と同じです。このマツの木はこの近くでいちばん高くて大きいから、人間が残《のこ》すと約束《やくそく》した木であることがわかりました。

マツの木の真下から木を見上げると、上の方の幹のまたに何やら黒い丸いものがかかっています。なんでしょう?

ぼんやりと見えるだけですが、どうやらそれは西山でも見たことがあるスズメバチの巣《す》のようでした。茶っぽの言うとおり東山のスズメバチはすごく大きいのでしょうか?

ただそれは今は使《つか》われていないらしく、下の方が少しくずれかけていました。新しい女王バチといっしょにスズメバチ一家は新しい巣を作るために引《ひ》っ越《こ》したようです。

マツの木が高すぎて、スズメバチの大きさがよくわかりませんでしたが、茶っぽの言うような巨大《きょだい》な巣という感《かん》じはしませんでした。

ふたりはほっとしてその場を離《はな》れました。

「さあ、出発《しゅっぱつ》だ」「よし行こう」ふたりは、さらに東を目指《めざ》して出発しました。

9　ポン子との出会い

頂上《ちょうじょう》のマツの木の広場からは下《くだ》り坂《ざか》が続《つづ》きます。

西山と違《ちが》って東山は険《けわ》しくて、山と山の間に谷が深《ふか》く切りこまれています。ところどころ地面《じめん》が削《けず》られてえぐれていて、うっかりそこを歩くと崖《がけ》くずれにのまれてしまいます。でも、ポンタと茶っぽはこわいもの見たさで、えぐれた崖の上に立ってみました。

いまにも足元の土がくずれ落《お》ちてしまいそうです。

「危《あぶ》ないから離《はな》れよう」と、ふたりが離れようとしたそのときです。崖の下からかすかにさけび声が聞こえました。

「茶っぽ、ちょっと待《ま》って、何か声がしなかったかい？」ポンタは先に行く茶っぽに声をかけました。茶っぽはふりむきました。

「何にもしなかったよ」

「確《たし》かに聞こえたんだけど」とポンタが言うか言わないかのそのとき、今度《こんど》ははっきり「助《たす》けて」という声がしました。それはタヌキの子どものような声でした。


ポンタと茶っぽは顔を見合わせて、「声がした！」と同時にさけびました。

「だれかいるのかい？」とポンタが崖の先に立って下に向《む》かってさけびました。するとと今度《こんど》は、「崖から落ちたの、助けてちょうだい」と答えが返《かえ》ってきました。


下を見ても一面《いちめん》が緑《みどり》のやぶで、どこから声がしているのかわかりません。茶っぽが言いました。「ポンタ、だれもいないよ、こわいから帰ろうよ」

「だめだよ、きっとやぶの中にいるんだよ」

「でも谷におりたら、大きな鳥が飛《と》んできて、ぼくらをくわえていくかもしれないよ」と茶っぽは言いました。

「だから早く助《たす》けなくっちゃ、連《つ》れていかれないために」ポンタは答えました。

「いっしょに下に下りてみよう」

「いやだよ、こわいよ」

「じゃあぼくだけ下りるから茶っぽは待《ま》っていて」

「いやだ、ひとりだけおいていかれるのもこわいから、やっぱりぼくもついていくよ」

「じゃあいっしょに行こう、ぼくが先に行くから、ぼくの後を気をつけて下りるんだよ」

ふたりは草につかまりながら崖《がけ》を一歩一歩慎重《しんちょう》に下りました。そして、ポンタが先に地面《じめん》に飛《と》び降《お》りました。つぎに、茶っぽが下りましたが、最後《さいご》の一歩で茶っぽはでんぐり返《かえ》って、地面に頭をゴツンこしました。「いたた」「だいじょうぶ?」ポンタがかけよると、茶っぽの額《ひたい》にはかすり傷《きず》ができていました。

周《まわ》りを見渡《みわた》すと、すみっこのかんぼくから、小さなタヌキの女の子がこちらを見ていることに気づきました。

女の子はふたりと目が合うと、急《きゅう》に「しくしく」と泣《な》きだしました。

女の子は泣きながら、なぜここに落《お》ちたかを話してくれました。

女の子は東山にすんでいて、今日《きょう》はお父さんについて遠出したけれど、お父さんとはぐれてしまったそうなのです。そして崖に落ちてずっとだれか来るのを待《ま》っていたのでした。

女の子の名前は「ポン子」でした。ポン子は、タヌキの女の子ではいちばんよくある名前です。男の子では「ポンタ」がいちばん多いのと同じです。

ポンタはそれがうれしくて、きっとお友達《ともだち》になれるだろうな、と思いました。話をしているうちにポン子の涙《なみだ》は乾《かわ》いて、笑顔《えがお》になってきました。笑《わら》うとえくぼができて、とてもかわいい女の子です。

話が終《お》わると、ポン子は小さな手をポンタに差《さ》し出《だ》しました。ポンタは何か

わからずに、ぽかんとしていました。

　すると、茶っぽがポン子の差し出した手を握《にぎ》り返《かえ》して、「よろしく！」と言いました。そうか、それは握手《あくしゅ》の手だったとわかったポンタも、自分からポン子に手を差し出して、「お友達《ともだち》になってね」と言いました。ポン子も「ありがとう」と言いながら、ポンタの手を握り返しました。

　それからが大変《たいへん》です。ポン子が落《お》ちた崖下《がけした》に、今度《こんど》は三人とも落ちたことになるのですから。つかもうとするとさらさら土が落ちる切り立った崖を、どうやってのぼったらいいか考えなくてはなりません。

　いま思えば、崖を下りるときに、長いツルを上の木につないでくればよかった、とポンタは思いました。それを伝《つた》って上にのぼることができるからです。でも、ここにも、きっと草木のツルがあるはずです。

　三人は探《さが》し始《はじ》めました。

「あった」ポン子がいちばん先に、声をあげました。ポンタと茶っぽがかけよると、長いツルが細い木の枝《えだ》に絡《から》みついていました。それは細いアケビのツルで、先に枯《か》れた枝と実《み》が残《のこ》っていました。いつもはポンタの大好《だいす》きなおやつなのです。

三人は、ぐるぐる巻《ま》きついているツルを木からていねいに外しました。

「さー、今度《こんど》はこのツルを崖《がけ》の上の木にひっかけるんだ」、とポンタは一方の端《はし》を持《も》って崖上にツルを投《な》げました。うまくいけば、崖上の木の枝にひっかかるかもしれません。

でも、ツルは空中を飛《と》んで力なく地面《じめん》に落《お》ちました。そこで、今度はツルの端《はし》に石ころを結《むす》びました。

空中に放《ほう》り投《な》げてみると、ツルの先は見事《みごと》に崖上の枝にひっかかったようで、戻《もど》ってはきませんでした。

「やったぞ」三人は小おどりしました。

「これにつかまって上にのぼるんだ。まずは茶っぽからのぼってみて。ぼくはポン子ちゃんを下からおして最後《さいご》にのぼるから」

「いやだ、ぼくは最初《さいしょ》なんてまっぴらだよ」

といやがった茶っぽですが、ポンタが
「最後まで崖下にいたら、大きな鳥に連《つ》れていかれるかもしれないよ」とおどかすと、

「やっぱりぼくが行くよ」としぶしぶ承知《しょうち》しました。

決心《けっしん》した茶っぽがツルを伝《つた》って少しのぼったところで、ツルはプチンと切れて茶っぽはしりもちをつきました。

「あいててて」茶っぽは無理《むり》に笑顔《えがお》をつくって笑《わら》いました。みんなもつられて笑いました。

「今度はもっと太いツルを探《さが》そう」

また、ツル探しが始《はじ》まりました。三人は崖下の草や背《せ》の高い木をくまなく探し回りました。

「あ、あったぞ」今度はポンタが声をあげました。

今度《こんど》は太くて丈夫《じょうぶ》なフジのツルが見つかりました。おまけに、それは崖《がけ》の上の木から垂《た》れ下《さ》がっていたのです。これを伝《つた》えば上にのぼれそうです。

「またツルが切れて落《お》ちるかもしれないから、一ばんはいやだ」と茶っぽが言います。

「今度はぼくが最初《さいしょ》に行くよ」

ポンタはツルをしっかり握《にぎ》りしめて、足を崖にかけながら一歩一歩のぼります。

とちゅうで足をかけた土がさらさらと落ちて、何回も体が空中に放《ほう》り出《だ》されました。

そのときは全部《ぜんぶ》の体重《たいじゅう》がツルを持《も》つ手にかかって、手がちぎれそうになって痛《いた》くてあやうく手を放《はな》しそうになりました。

それでも、何《なん》とかふんばってようやく崖上にのぼることができました。

次《つぎ》はポン子です。フジのツルをポン子はしっかり握って、ポンタのやったようにのぼり始《はじ》めました。

ポン子は思ったよりも身《み》が軽《かる》くて、ひとりでもしっかりのぼることができました。

最後《さいご》は茶っぽです。茶っぽはひとりぼっちで崖下に残《のこ》されたときから、大きな鳥は来ないか、スズメバチの大群《たいぐん》はやってこないかと心配《しんぱい》で落《お》ち着《つ》きません。

そこで、いつもは出ないような力ですばやくフジヅルをのぼってきました。

茶っぽがいよいよ崖上に上がろうというそのとき、ツルの絡《から》まっていた木の枝《えだ》がバシッと音を立てて折《お》れました。

とたんに茶っぽの体が空中に浮《う》きました。とっさに、ポンタが茶っぽの手をつかみました。茶っぽは何とか地面《じめん》に足をかけました。

ポンタは歯《は》を食いしばって茶っぽを引き上げました。

茶っぽも歯を食いしばって地面をよじのぼりました。そうして、ようやく崖上にのぼることができたのです。

三人はほっとしてその場に座《すわ》りこんでしまいました。

上を見ると、空が青く白い雲がぽっかり浮《う》かんでいます。

ポンタはふとお父さんを思い出しました。

後先考えずに行動《こうどう》するポンタは、いつもお父さんからこう言われているのです。

「ポンタはまがったことが大きらいだし、困《こま》っているタヌキがいるとすぐ助《たす》けようとする。確《たし》かにそれはとてもいいことだ。でも、自分に何ができるか考えてから行動しないとな。そうしないと、いつか自分も危《あぶ》ない目にあうかもしれないぞ」

きっとお父さんはこういうときのことを言ったんだ、とポンタは思いました。

でも、崖《がけ》を下りたことは少しも後悔《こうかい》していません。だって、こうしてポン子を救《すく》うことができたのですから。

これが初《はじ》めてポン子と出会った日のことでした。

その日から、ポンタとポン子と茶っぽは、東と西の山の出会うコナラの原っぱで、遊《あそ》んだりお話ししたりするようになりました。でも、茶っぽはやっぱり大きな鳥とスズメバチの話がこわくって、だんだんコナラの原っぱに来なくなりました。

やがて、ポンタとポン子だけが、大きなコナラの原っぱへ毎日やってくるようになったのです。茶っぽの話が気にならないと言えばうそですが、ポンタは原っぱでポン子と話すのが楽しくて仕方《しかた》ありませんでした。

10　キイチゴの道

ポンタが西の山からベンチにくるとちゅうに、人間がよく手入れしているクヌギ林があります。クヌギ林は昆虫《こんちゅう》たちの大切な食堂《しょくどう》です。おいしい樹液《じゅえき》を吸《す》うために、たくさんの昆虫たちが集《あつ》まってきます。

クヌギの落《お》とすどんぐりは、丸くて大きくて長い毛の帽子《ぼうし》をかぶっています。クヌギの木肌《きはだ》は荒《あら》くて、大きなしわがあって、ごつごつしています。クヌギとコナラは、雑木林《ぞうきばやし》の王様《おうさま》です。

このごろの雑木林は人間が使《つか》わなくなったため、ササやシノダケがはびこって、動物《どうぶつ》たちが歩くすきまもないくらいです。でも、このクヌギ林の一帯《いったい》だけは、シノダケが毎年刈《か》り取《と》られていて、自由《じゆう》に歩いたり、かけ回ったりできます。

そのクヌギ林を縁取《ふちど》るように続《つづ》いている小道がポンタは大好《だいす》きです。いろいろな草花や昆虫《こんちゅう》や小鳥たちと出会えるからです。季節《きせつ》ごとに草花は変化《へんか》し、それにつれてここを訪《おとず》れる昆虫たちも変《か》わっていくので、いつ来ても新しい出会いや発見《はっけん》があって、少しも退屈《たいくつ》することがありません。

初夏《しょか》には、日の当たる小道にナルコユリの群《む》れが白い花をつけて、美《うつく》しく並《なら》びます。

もっとうれしいことは、キイチゴがたくさん実《みの》って、まるでキイチゴ街道《かいどう》のようになることです。

キイチゴの木は普段《ふだん》は目立たないけれど、梅雨《つゆ》が始《はじ》まる季節には、黄色のつぶつぶのあまずっぱい実《み》を鈴《すず》なりにつけます。去年《きょねん》はお父さんにどのキイチゴがおいしいか教えてもらいました。

いちばんおいしいのは黄色のキイチゴです。見た目は赤いキイチゴに見劣《みおと》りするのですが、食べてみるととてもあまくて口の中でとろけるようなおいしさです。

見かけだけじゃわからない、そう思いました。

今年《ことし》もたくさんのキイチゴがなりました。今年はポン子をキイチゴ街道へ案《あん》内《ない》して、ごちそうしようと楽しみにしていたのです。

でも、キイチゴの実る前にポン子は引《ひ》っ越《こ》してしまいました。

ひとりで食べるキイチゴは、なんだか去年より甘《あま》くありません。

ここにポン子がいないことが、ポンタは残念《ざんねん》でなりませんでした。

11　ねじばなの思い出

それからは、毎日のように雨が降《ふ》るようになりました。

雨は朝から一日じゅうしとしと降《ふ》り続《つづ》きます。

ポンタがお昼にやってくると、ベンチは木陰《こかげ》になっているけれど、やっぱり雨でぬれています。

でも、ポンタは雨の日がきらいではありません。それは、雨の日には東側《ひがしがわ》の大きな工事《こうじ》の音が鳴りやむからです。

昔《むかし》のように静《しず》かな山の一日が訪《おとず》れるからです。ベンチに座《すわ》って目を閉《と》じると、ポン子といっしょに遊《あそ》んだ日々が浮《う》かんできます。

ときどきけんかもしたものです。ケンカの原因《げんいん》はいろいろでした。

どんぐりをどっちがたくさん拾《ひろ》ったかとか、どっちのほうがかけっこが早いかとか、そんな小さなことがケンカの原因でした。たいていはどっちかが謝《あやま》ってすぐに終《お》わってしまうのですが。でもポンタはいまでもちょっぴり後悔《こうかい》しているケンカがあるのです。

それは、原っぱで四《よ》つ葉《ば》のクローバー探《さが》しをしていたときのことです。原っぱのすみの方に咲《さ》いていた、すっくと立ち上がったピンク色の花をポン子が見つけました。

「アッ、かわいい！　なんてかわいい花なんでしょう！」

ポンタが近づくと、ポン子の手にはピンク色のかれんな花が一本握《にぎ》られていました。ポンタはそれがねじばなという花だと、いつかお父さんから聞いたことがありました。小さな花が一本の茎《くき》をねじりながらよじのぼるように咲いているのです。

それにしても、ポン子はなぜこんなに簡単《かんたん》に花を抜《ぬ》いてしまったのでしょうか。

ポンタはとても腹《はら》が立ちました。思わずポン子の手《て》の平《ひら》から花をとりあげました。するとポン子は「わたしが探《さが》したのだからわたしのものよ」と言って、ねじばなを取《と》り返《かえ》そうと茎《くき》をつかみました。

ポンタはとられまいと手を握《にぎ》りしめました。

ふたりは一本のねじばなを両方《りょうほう》から引《ひ》っ張《ぱ》り合《あ》いました。すると、ねじばながぷっつと音を立てて二つに切れてしまいました。

「いたたっ」そのひょうしにふたりはしりもちをつきました。ポン子が、握った手をおそるおそる広げてみると、手の中には根《ね》っこ側《がわ》が残《のこ》っていました。

「わーん」みるみる顔がくずれて、ポン子は泣《な》きだしました。

急《きゅう》に泣きだしたポン子を見て、ポンタも驚《おどろ》きました。自分の手を広げると、くちゃくちゃになったねじばなが半分、残っていました。

本当はポン子のねじばなが欲《ほ》しかったわけではないのです。ポン子がねじばなを引《ひ》き抜《ぬ》いてしまったことに腹《はら》が立ったのです。でも、泣いてしまったポン

子にいまさらそんなことを言っても、言《い》い訳《わけ》に聞こえてしまいそうです。山の花をそっとしておいてほしい、ただそれだけだったのです。

ポンタが立ちすくんでいると、ポン子はますます大きな声で泣《な》いて手の中のねじばなの根っこをポンタに投《な》げつけました。そして、泣きながら東山の方へ走っていきました。ポンタはただ見送《みおく》るだけでした。

次《つぎ》の日、ポンタはお昼になる前に原っぱにやってきて、原っぱをくまなく歩きました。ねじばなを探《さが》すためです。

よく見ると、昨日《きのう》の場所《ばしょ》の近くに、昨日よりもずっときれいなねじばながありました。ピンクの色もあざやかです。ポンタはポン子のためにねじ花をそっと抜《ぬ》き取《と》りました。そのとき、ポンタの胸《むね》がちくっといたみました。でも、ポンタは自分の心に言い聞かせました。「ポン子が喜《よろこ》ぶのならねじばなを一本くらい抜いてもいい」と。

それから、ベンチに座《すわ》って待《ま》ちました。

ポン子が来たら驚《おどろ》かせようと、ねじばなをベンチの下に隠《かく》しました。わくわくしながらポン子を待ちました。きっとポン子が喜ぶだろうな、そう思いながら。でも、その日チャイムが鳴っても、ポン子はベンチにはやってきませんでした。夕方になって、お日様《ひさま》がしずむころになっても、ポン子は現《あらわ》れませんでした。

その次《つぎ》の日のお昼、ポン子はようやくやってきました。なんだかちょっと照《て》れくさそうに、下を向《む》きながら、ポンタの横《よこ》にチョコンと座《すわ》りました。でも、もうポンタはねじばなを持《も》っていませんでした。

前の日つんだねじばなはしおれてしまったので、捨《す》ててしまっていたのです。

ポンタは昨日《きのう》ポン子のためにねじばなを探したことや、ポン子をずっと待っていたこと、でも来なかったから捨ててしまったことを説明《せつめい》することができませんでした。

そのことで、ちょっぴりポン子との間に秘密《ひみつ》ができたような気がしました。

でも、ポン子が来てくれればそれでよかったのです。これまでどおりふたり並《なら》んで、お話をして過《す》ごしました。

そして今、そのときのことをポンタは思い出していました。ポン子がこんなに長く来ないのは、ねじばなのことをまだおこっているのかもしれない。そんなことが浮《う》かんできて心が重《おも》くなりました。

いつの間にか辺《あた》りは暗《くら》くなり始《はじ》めていました。やっぱり、ポン子は今日《きょう》も来ませんでした。ポンタはゆっくりベンチを下りると、のろのろと西山へ帰っていきました。

次《つぎ》の日も、その次の日も、お昼になるころには、ポンタはベンチに座《すわ》っていました。ときどきは雨でぬれたベンチに座っていました。ポン子のために拾《ひろ》ったどんぐりをいっぱい手に持《も》って。

そんなポンタを見かねて、ある日、友達《ともだち》の茶っぽがめずらしくコナラの木までやってきて言いました。

「ポン子一家はずっと遠くへ行ったにちがいない。だから、もうここへは来られなくなったんだ」でも、ポンタは言いました。

「ずっと待《ま》ってると約束《やくそく》したんだ、このコナラの木は背高《せいたか》のっぽだから、ポン子はきっとどこからでも見つけられるさ」

12　セミの合唱《がっしょう》

ある日、ベンチで座っていたポンタの耳に、突然《とつぜん》「ミーンミーン」とうるさい音がはじけました。ミンミンゼミの鳴き声でした。

山に夏がやってきたのです。山にはいろんな種類《しゅるい》のセミがいます。

去年《きょねん》、お父さんがセミの名前と鳴き声を教えてくれました。

ハルゼミは「ギャー、ギャー」と、春いちばんに鳴きだします。小さなニイニイゼミは「チー」、すきとおった羽のミンミンゼミは「ミーンミンミン」、そしてこの辺《あた》りでいちばん多いアブラゼミは「ジージー」、ときどきやってくるクマゼミは「シャワシャワ」と大きな声で鳴くのです。

夏の終《お》わりには、ヒグラシやツクツクホウシが目立《めだ》ち始《はじ》めます。ツクツクホウシの鳴き声は名前のとおり、「ツクツクホウシ」です。でも、ときには「ツクチーヨツ、ツクチーヨツ」と鳴くこともあります。それは、鳴くのをやめて飛《と》び立《た》つときの合図《あいず》です。

ヒグラシは、西日が落《お》ちて日の暮《く》れるころ、「カナカナカナカナ」と山全体《ぜんたい》に響《ひび》きわたるように鳴きだします。その声は夏が終わる知らせのように、森の生《い》き物《もの》たちには聞こえます。

でも、ハルゼミとニイニイゼミの声にポンタは気づきませんでした。ミンミンゼミが鳴いて初《はじ》めて、夏が来たことに気づいたのです。

あちらこちらで、木の枝《えだ》や草の葉《は》にセミの抜《ぬ》け殻《がら》がついているのを見かけます。

そういえば、友達《ともだち》の茶っぽはセミの抜け殻がきらいです。なぜだろうとポンタは思います。

いつか、森の中で茶っぽとポンタはいっしょにセミの脱皮《だっぴ》を見たことがあります。

夜の暗《くら》やみに、かすかに何かが動《うご》く気配《けはい》がしました。ふたりが辺《あた》りを見回すと、ちょうど地面《じめん》に丸く穴《あな》をあけて何かが出てきたのです。

「なんだろう?」おそるおそる近づくと、地面から突《つ》きでたセミの頭が見えました。しばらくして地上に姿《すがた》をあらわしたのは、あのセミの抜け殻そのままだったのです。

それから、羽のない茶色い抜け殻の姿でそろそろと地面を歩きだしました。木につきあたると、それをよじのぼり始めます。そして、葉っぱにしっかりツメを立てて、自分の体を固定《こてい》します。それから、脱皮が始《はじ》まります。まるで洋服《ようふく》を脱《ぬ》ぐように、セミは古くなった自分の殻から脱出するのです。

脱皮《だっぴ》したばかりのセミは、青白く光っていて羽もしわくちゃにたたまれています。でも夜が明けるころには、すっかり体が茶色くなって羽もまっすぐにのびています。それから、一度《いちど》おしっこをして、朝の光の中に飛《と》び立《た》ちます。

周《まわ》りの木には、夜の間に脱皮したセミの抜《ぬ》け殻《がら》があちこちで光っていました。いままでは抜け殻も含《ふく》めて全部《ぜんぶ》がセミだったのに、あるとき突然《とつぜん》に体の外側《そとがわ》がただの生きていない「もの」になってしまうのです。それは、とても不思議《ふしぎ》なことで、茶っぽには抜け殻もまだ生きているようにしか思えません。よく見ると、抜け殻の目はまるで何かを見ているようにつやつやしています。前足のツメがチクチクして、手《て》の平《ひら》にのせるとしがみついて離《はな》れません。だから、茶っぽは抜け殻が苦手《にがて》です。手でつかむこともできません。ポンタがふざけて抜け殻を持《も》って追《お》いかけると、茶っぽは逃《に》げまどいます。

ポンタはセミの抜け殻が好《す》きです。

その複雑《ふくざつ》な体のつくりを見ると、自分の体よりすごいと思うし、手の平にのせてみてチクチクする感触《かんしょく》はセミの命《いのち》がまだ半分抜け殻に残《のこ》っている証拠《しょうこ》のように思えます。今までの命の一部《いちぶ》をセミは脱《ぬ》ぎ捨《す》てて、広い空へ飛び立ったのです。

お父さんがいつか言ってました。「セミは地面《じめん》の中で七年も暮《く》らしてやっと外へ出てくるんだ。でも、外で生きられるのはわずか七日だけなんだよ」

ポンタは思いました。「セミが長い年月を暗《くら》い地面で過《す》ごすのは、いつか広い空へ飛び立つためなんだ。固《かた》い殻を脱《ぬ》ぎ捨《す》てるのは、自由《じゆう》に空を飛ぶためなんだ。空を飛ぶ時間がどれほど短《みじか》い時間なのか、セミは知らない。でも、それでセミは満足《まんぞく》なんだ」

セミの抜け殻は、自由に空を飛ぶために、セミが捨てた長い年月のかたまりのようにポンタには感じるのです。だから、ポンタにはセミの抜け殻が大切なものに思えてくるのです。

西の山では、いろいろなセミの抜け殻が木の葉《は》や幹《みき》についています。近ごろは、ポン子に見せてあげたくて、ポンタは集《あつ》めています。

ポン子はきっと驚《おどろ》くだろうな、こんなにいろんなセミの抜《ぬ》け殻《がら》があるなんて。

手《て》の平《ひら》にのせたらチクチクするからいやがるかしら。

いいや、きっとポン子はくすぐったくって笑《わら》うに違《ちが》いないや。

そんなポン子の様子《ようす》を想像《そうぞう》すると、ひとりでに笑いがこみあげてくるのでした。

セミの鳴き声が降《ふ》り注《そそ》ぐベンチに、それでもポン子はやってきませんでした。

じっとポン子を待《ま》つポンタの姿《すがた》は、セミにはベンチの一部《いちぶ》にしか見えないのかもしれません。

13　人間の子どもたち

太陽《たいよう》がじりじりと照《て》りつける夏になると、ときどき人間の子どもたちが森へやってきます。

人間の子どもたちには学校というのがあって、夏にはそれが休みになるので遊《あそ》びにくるんだということを、いつかお父さんに教えてもらいました。

「人間の子どもはみんな網《あみ》とかごを持《も》っているんだよ。網は蝶《ちょう》やカブトムシをとるためで、かごはそれを家に持っていくためなのさ」

「家に持って帰ってどうするの？」とポンタは聞きました。

「サー、それはわからないけれども、大人が森を切《き》り開《ひら》くのと違《ちが》って子どものやることはまあ、大きな被害《ひがい》はないからな」

「それなら安心《あんしん》だね」

「でも、人間の子どもも人間の仲間《なかま》だから用心しなくてはいけないよ」とお父さんは言いました。

その日も、ポンタはコナラのベンチに向《む》かって、雑木林《ぞうきばやし》を歩いていました。まだお日様《ひさま》は真上《まうえ》にはのぼっていません。いつものようにクヌギ林を通ろうとすると、人間の子どもたち数人がワイワイ言いながら、クヌギ林で何かをしているのと出くわしました。ポンタはとっさにお父さんの言葉《ことば》を思い出してやぶに隠《かく》れました。

子どもたちはみんな長い網《あみ》とかごを持《も》っていました。

どうやら何かを探《さが》しているようです。

「おーい、こっちにいたぞ」と、ひとりの背《せ》の高い男の子がさけびました。

「ほんと?」と言いながら、全員《ぜんいん》がその子の周《まわ》りに集《あつ》まりました。

「いた、いた、すごい、オスだね」「よく見つけたね」などと言いながら、一本のクヌギの木を取《と》り囲《かこ》んでいます。

大きなオスのカブトムシが、クヌギの樹液《じゅえき》を吸《す》っていたのです。

背の高い男の子は、持っていた網をカブトムシにすばやくかぶせました。

驚《おどろ》いて飛《と》び立《た》ったカブトムシは、その網の中につかまりました。

「やったー、つかまえた」

「すごく大きいね」「りっぱな角だね」

「今日《きょう》は四匹目《よんひきめ》だね」などと口ぐちに言いました。

そのうちの小さな男の子がもじもじしながら言いました。

「ぼくはまだセミしかとっていない。カブトムシも欲《ほ》しい」

「よし、今度《こんど》はお前の分を探してやるよ」と背の高い男の子は言いました。

子どもたちの肩《かた》にかけられた虫かごからは、時折《ときおり》セミの声がジージーと聞こえました。

子どもたちは、また虫探しを始めましたが、あきらめたのかほかの場所《ばしょ》に移《い》動《どう》していきました。

子どもたちがいなくなってから、ポンタはクヌギ林に入ってみました。すると子どもたちが通った後に、何やら茶色いかたまりが落《お》ちていました。

なんだろう? とポンタは近づいて驚きました。

それはたくさんのセミやカナブンだったのです。きっと子どもたちが捨《す》てたのでしょう。弱って飛《と》べなくなっていました。

子どもたちは最初《さいしょ》はめずらしくてセミやカナブンを探《さが》していたのに、カブトムシを見つけたらもう興味《きょうみ》がなくなったのかもしれません。

捨《す》てるなら、つかまえなくてもいいのに、それに弱ってから捨てるなんて、なんてことだ。人間の子どもたちは人間の大人と少しも変《か》わらないじゃないか、とポンタは思いました。

それから、セミを手にのせて一匹《いっぴき》ずつ空へ放《はな》しました。でも、セミたちは力なく飛んで地面《じめん》に落ちてしまいました。カナブンも足を丸めて、空へ投《な》げてもコロンと落ちてしまうばかりでした。

14 オオミズアオの道案内《みちあんない》

夏も終《お》わりに近くなったある日の午後、ベンチに今日《きょう》もポンタの姿《すがた》がありました。辺《あた》りはうす暗《ぐら》くなっているのに、ポンタは帰ろうともしません。どうやらうたたねをしているようです。

ベンチの周《まわ》りはコナラの木影《こかげ》のせいで、夕やみも早くやってくるようです。カナカナとひぐらしが鳴《な》き始《はじ》めたとき、森の中から青白い大きな蝶々《ちょうちょう》のようなものがひらひらと飛《と》んできてポンタの肩《かた》にとまりました。ポンタは気がつかずに寝《ね》ています。何か夢《ゆめ》を見ているようで、ポンタのひげはぴくぴく動《うご》いています。

しばらく肩に休んだ後、また蝶々はひらひらと飛んで、今度《こんど》はポンタのしっぽにとまりました。それでも、ポンタは目を閉《と》じています。

次《つぎ》に蝶々はひらひらと舞《ま》って、ポンタの鼻《はな》にとまりました。ようやくポンタは目をあけて鼻の先を手で払《はら》いました。きっとくすぐったかったのでしょう。

青白い大きな蝶々はその手をよけて、またひらひらと舞いあがりました。

蝶々《ちょうちょう》の名前はオオミズアオといい、本当は蛾《が》の仲間《なかま》です。昼は葉《は》のかげで休んでいて、夜になると大きな羽を広げて、山の中を舞《ま》いながら散歩《さんぽ》するのです。ポンタはこんなに美《うつく》しく大きな蛾を見るのは初《はじ》めてでした。オオミズアオはひらひらひらひらと、森の奥《おく》へ入っていきます。ポンタはその美しい姿《すがた》に引かれてついていきました。

オオミズアオは森の中を軽《かろ》やかに動くので、ポンタはときどきその姿を見失《みうしな》います。でも、消《き》えた場所《ばしょ》から少し離《はな》れたところから、またすっとオオミズアオは姿を現《あらわ》します。まるでポンタをどこかへさそっているようなのです。現れては消え、消えては現れる美しい水色の羽を追《お》って、ポンタはどんどん森の奥へ進《すす》みました。

でも、真《ま》っ暗《くら》な杉林《すぎばやし》で、とうとうポンタはその姿を見失ってしまいました。はっと気づくと辺《あた》りは真っ暗です。ベンチからはずいぶん遠くへ来てしまったようです。

ここはまだポンタが一度も来たことのない南側《みなみがわ》の森です。こわくなって引《ひ》き返《かえ》そうとしたそのときです。

「ポンタ、ポンタじゃないか」だれかが後ろからよびとめます。

「だれ？」とふりむくと、暗い森の中をだれかがにこにこしながら近づいてきます。

「ポンタ、久《ひさ》しぶりだな。ほら、東の山の耳黒だよ」

「あ、耳黒おじさん」

それは、東の山にすんでいた耳黒という年配《ねんぱい》のタヌキで、ポン子のお父さんの友達《ともだち》でした。

東の山があったころ、ポン子の家に遊《あそ》びにいったとき、おいしい木の実《み》をごちそうしてくれたものでした。

「今度《こんど》この南側の杉林《すぎばやし》に公園ができると聞いたからな、おれたちがすめるようなところかと思って、ちょっくら偵察《ていさつ》にきたんだよ。でも、まだまだわからないね。この杉林だけが残《のこ》っても、周《まわ》りは全部《ぜんぶ》、切られちゃうようだし」

ポンタは上の空で聞いていました。

それよりも何よりも、ポンタにはいちばんに聞きたいことがあったのです。

「おじさん、いまもポン子たちといっしょに暮《く》らしているの?」

返事《へんじ》を聞くのがこわかったけれど、思い切って聞いてみました。

「いいや、それがな。東の山から逃《に》げるときにポン子一家とは離《はな》れ離《ばな》れになってしまってね。それ以来《いらい》、一度《いちど》も会っていないから、どうしたのかとおいらのほうが心配《しんぱい》していたんだよ」

「そうか、そうなんだ」とポンタはがっかりして下を向《む》きました。でも、いちばんおそれていた返事を聞かなかったことだけはよかったと思いました。

がっかりしたポンタの様子《ようす》に耳黒おじさんは気づいたのか、急《きゅう》に大きな声で言いました。

「そういえば家を離れるときにポン子からたのまれたことがあるんだよ」

耳黒おじさんは続《つづ》けました。

「ポン子がこう言ってたんだ、もしどこかでポンタに会うときがあったら、伝《つた》えてほしいことがあるってね」

「え、何？　ポン子はぼくに何《なん》て言ったの」ポンタは急に胸《むね》がドキドキしました。

「それはね、いつかポンタとねじばなのとりっこしてケンカをしたけど、ポンタは悪《わる》くない、わたしのほうが悪かったって言ってたぞ。だから、ポンタに会ったら代《か》わりにごめんねって伝えてほしいそうだ」

「そう、そうなんだ……」ポンタはうつむいて小さく返事《へんじ》をしました。

ポン子はあの日のことを気にしていたんだね。ぼくはもう何とも思っていないのに。

ポン子、ありがとう。本当に久《ひさ》しぶりにポン子の声を直接《ちょくせつ》聞いたような思いがして、ポンタの胸は温《あたた》かくなりました。

耳黒おじさんとポンタは、お互いの家族《かぞく》や友達《ともだち》の様子《ようす》などを伝えてから、別々《べつべつ》の方向《ほうこう》へ別《わか》れました。

別《わか》れ際《ぎわ》に耳黒おじさんは言いました。「そういえば、西山の方も近く木が切られるらしいぞ」

ポンタはその言葉《ことば》が気になりましたが、それよりもポン子のことづけのほうがうれしくて仕方《しかた》ありませんでした。

もしかしたら本当にオオミズアオは耳黒おじさんに会わせるために、ぼくを森へ案内《あんない》してくれたのかもしれない、ポン子の言葉をぼくに伝えるために、ポンタはそう思いました。

15　落《お》ち葉《ば》のすべり台

暑《あつ》い夏が過《す》ぎて、やがて静《しず》かな秋がやってきました。

あんなにたくさんいた昆虫《こんちゅう》たちは、少しずつ姿《すがた》を消《け》していきました。木々には赤い実《み》がなり、緑《みどり》の葉《は》っぱも黄色や茶色に変《か》わっていきます。

木の実を探《さが》して小鳥たちが枝《えだ》から枝へ飛《と》び回《まわ》ります。

そして、すっかり木の葉が落ちてしまうころ、クヌギ林の小道には、色とりどりのツタやもみじの葉っぱが敷《し》きつめられます。そこを歩くと、静かな山にガサゴソガサゴソと大きな音が鳴《な》り響《ひび》きます。それはとても楽しい音です。

落ち葉を集《あつ》めて空へ投《な》げると、風に舞《ま》って踊《おど》ります。

その落ち葉の季節《きせつ》だけ、とても楽しい遊園地《ゆうえんち》が西山の端《はし》っこにできあがります。

タヌキたちの遊園地です。

遊園地にはブランコや鉄棒《てつぼう》があります。でもそれは人間の作った固《かた》い鉄やコンクリートのものではありません。ブランコはキヅタやフジのツルでできています。鉄棒は、じょうぶな枝を木と木の間に渡《わた》したものです。

何といっても楽しいのは、落ち葉のすべり台です。

それは、山の上から下まで続《つづ》くけもの道にできる、長くてスリル満点《まんてん》のすべり台です。けもの道は山にすむ動物《どうぶつ》たちが通る道で、秋にたくさんの枯《か》れ葉《は》が降《ふ》り積《つ》もります。その道を山の上からすべると、枯れ葉がクッションになって体はすごい勢《いきお》いで落ちていきます。

その楽しさといったらありません。いつかお父さんに教えてもらった人間のすべり台よりも、ずっとずっと楽しいに違《ちが》いない、とポンタは思うのです。

茶っぽといっしょだともっと楽しいことが起《お》こります。ふたりの体がかたまりになって地面《じめん》に落ちていくからです。でも、ストンと地面に落ちてもやわらかい落ち葉が包《つつ》んでくれるから、少しも痛《いた》くありません。何度《なんど》すべっても楽しくて、いつまでもやめられません。

ポンタは不思議《ふしぎ》でした。なんで人間は、わざわざ木を切って地面《じめん》をはがして公園を造《つく》るのだろう。このままだって十分楽しいのに。木や葉っぱや土がつくるこんな楽しい公園は、人間にだってつくれっこない。そう思いました。

16　雪の日の足あと

冬がやってきました。寒《さむ》い日が続《つづ》きます。でも、天気のよい午前中は日差《ひざ》しがポカポカ暖《あたた》かです。空は真《ま》っ青《さお》で、どこまでも高く続《つづ》いています。

でも、その日、朝から北風が吹《ふ》いて気温《きおん》が上がりません。お日様《ひさま》も雲に隠《かく》れています。そのうち白いものが空から落《お》ちてきました。雪です。大きな綿《わた》のような雪が、山の木々や畑《はたけ》にどんどん降《ふ》り積《つ》もります。山はどんどん白く染《そ》まっていきます。夜ふけまで雪は降《ふ》り続《つづ》けました。

やがて朝になり太陽《たいよう》が山の端《はし》からのぼりました。キラキラキラキラキラと木々が光かがやいています。

一面《いちめん》、真《ま》っ白《しろ》な雪景色《ゆきげしき》の中を歩いて、ポンタは今日《きょう》もコナラのベンチに向《む》かいます。

雪の日は歩くのに時間がかかります。その理由《りゆう》は雪道が歩きにくいからだけではありません。ポンタは雪の上に新しい自分の足あとがつくのが楽しくって、前を見たり後ろを見たりしながら歩きます。それでなおさら、時間がかかってしまうのでした。

前を見ると真っ白な畑《はたけ》の上に小さな足あとが点々とついていました。だれのだろう？　ぼくらの仲間《なかま》かしら？　ポンタは、その足あとに自分の足をそっと重《かさ》ねてみました。

「ぼくのよりずっと小さいや」ちょっとほっとしました。「犬のではないな」この辺《あた》りではときどき、人間が猟犬《りょうけん》を放《はな》して散歩《さんぽ》していることがあるのです。

もし猟犬《りょうけん》だったら大急《おおいそ》ぎで逃《に》げなくてはなりません。

ずっと前のことです。ポンタが山道を歩いているとリンリンという鈴音《すずおと》が近づいてきました。なんて不思議《ふしぎ》な音だろう、ポンタは音の主《ぬし》を見てみたくなり、立ち止まりました。リンリンという音はますます近づいてきます。

ポンタが木陰《こかげ》に隠れて待《ま》っていると、がさがさという音がしてやぶの中から体の細い黒い模様《もよう》の猟犬が飛《と》び出《だ》してきました。

驚《おどろ》いたポンタはあわてて逃げました。犬はそれを見逃《みのが》しません。

ポンタは必死《ひっし》で走りました。犬は猛《もう》スピードで追《お》いかけてきます。

もうそれ以上《いじょう》走れない、とポンタが立ち止まったとき、近くの地面《じめん》に穴《あな》があいているのを見つけました。人間が畑《はたけ》で作ったイモを保存《ほぞん》するためにつくった穴でした。

ポンタは大急ぎでその中に飛《と》びこみました。

犬はリンリン鈴を鳴らして穴に近づき、鼻《はな》をひくひくさせてポンタを探《さが》しています。絶体絶命《ぜったいぜつめい》です。

そのときです。「ぴゅー」と人間が吹《ふ》く口笛《くちぶえ》が聞こえました。犬を呼《よ》びもどす口笛です。犬はさっと向《む》きを変《か》えて口笛の方へ走っていきました。あやういところでポンタは命拾《いのちびろ》いをしました。あんなにこわい思いをしたのは初《はじ》めてでした。いまでも思い出すと冷《ひ》や汗《あせ》が出るくらいです。だから、雪の足あとが犬のではないとわかって本当にほっとしたのです。

いったいだれの足あとなのか、ポンタは足あとをたどっていきました。

「だれだろう、だれかしら?」なんだかわくわくして、ポンタは節《ふし》をつけて歌いだしました。

しばらく行くと雪の上にビー玉くらいの丸い玉がいくつも集《あつ》まって落《お》ちていました。

「何だろう?　何かしら?」

一つ手に取《と》ってみました。指《ゆび》でおしてみるとそれはやわらかくて、簡単《かんたん》につぶれました。つぶれた後には細い草の筋《すじ》のようなものが残《のこ》りました。

「何だろう？　何かしら？」

またポンタは不思議《ふしぎ》な足あとを追《お》って歩きだしました。

すると、少し先に雪の上をぴょんぴょんはねていくものがいます。

それは野ウサギでした。灰色《はいいろ》の毛並《けなみ》と少し長い耳が特徴《とくちょう》です。野ウサギは、ポンタに気づくと一目散《いちもくさん》に走っていきました。ポンタは追いかけるのはやめました。

野ウサギを見たのは初《はじ》めてではありません。でも、その足あとを見たのは初めてでした。雪の日だから見えたのです。

雪は見えないものを見せてくれる魔法《まほう》の粉《こな》だ、とポンタは思いました。

ポン子もきっとどこかにいるに違《ちが》いない、でもぼくに見えないだけなんだ。

こんな風にポン子の姿《すがた》も見えたらいいのになとポンタは思いました。

「あ、じゃあさっきの丸いものは、ウサギのふんだったんだ。しまった」ポン

夕はさっきのビー玉のことを思い出しました。

野ウサギのふんは少しもくさくありません。それは草でできているからです。でも、ポンタは気になって、雪で手を洗《あら》いました。冷《つめ》たいけれどふんわりとやさしい綿《わた》あめのようでした。

ポンタは真《ま》っ白《しろ》な広い広い世界《せかい》の真《ま》ん中《なか》に、ひとりぼっちで立っていました。

もしこれが何か月か前の子どものポンタだったら、心細くて仕方《しかた》なかったでしょう。でも今日《きょう》、ポンタは白い世界にひとりぼっちでもだいじょうぶと感《かん》じました。

白い世界をひとりで歩いていく力がわいてくるのを体で感じていました。それは、ポンタがだんだん大人に近づいていたからかもしれません。

17　とうとう西山にも

冬が過《す》ぎ、やがてポン子と別《わか》れてから、二度目《にどめ》の春がめぐってこようとしています。

ポンタはすっかり大人のタヌキになりました。

茶色の毛並《けなみ》は美《うつく》しく、足も太くなり、ひげもピンと張《は》ってます。

例《たと》え大人になっても、ポンタはポン子とかわした約束《やくそく》をずっと守《まも》ってきました。お昼のチャイムが鳴るころには、いつも木箱《きばこ》いっぱいのどんぐりを持《も》ってベンチに座《すわ》っていました。

「ぎーん」ある日の朝、ポンタのすむ西山でとつぜん電動《でんどう》のこぎりの音が響《ひび》きました。

山の木が次々《つぎつぎ》と切《き》り倒《たお》される音でした。いつか耳黒おじさんが言っていたことをポンタは思い出しました。

「やっぱり本当だったんだ」

うれしいことはなかなか起《お》こらないのに、いやなことはなぜたくさん起こるのだろう、ポンタはそう思いました。

またたく間にのこぎりは木をなぎ倒《たお》して、ポンタ一家の巣穴《すあな》にも近づいてきました。

木が切られた次には、ブルドーザーが地面《じめん》を掘《ほ》り起《お》こし始《はじ》めました。

ポンタの家の手前まで工事《こうじ》が済《す》んだところで日がしずみ、人間たちは帰っていきました。

その夜、おとなたちは茶っぽの家でこれからどこへ逃《に》げるのかを相談《そうだん》しました。

翌朝《よくあさ》はきっと人間たちがまた工事を始《はじ》めるでしょう。夜のうちに移動《いどう》するのが安全《あんぜん》です。

真夜中《まよなか》に、二つの家族《かぞく》は山道を西へ西へと向《む》かいました。ポンタの家族はお父さんとお母さんとポンタと弟と妹、そして茶っぽの家族は茶っぽとお父さんとお母さん、合わせて八人は夜道を歩き始めました。

新しいすみかに行きつくためには、とちゅうで車の走る広い道路《どうろ》を通らなくてはなりません。そこを通った先に小さな山があるのです。

八人は迷子《まいご》にならないように、はぐれないように列《れつ》をつくって歩きます。最《さい》初《しょ》にお父さん、次《つぎ》がお母さん、そしてポンタ、妹や弟はポンタの後ろを歩きます。茶っぽの家族はその後ろです。ときどきライトをつけた車がブーンと音を立ててやってきます。弟と妹はそのたびにこわがってポンタにしがみつきます。車が途切《とぎ》れるのを待って、ポンタの一家は道路を横断《おうだん》しました。弟が渡《わた》りきったそのときに、車が弟の体をかすめて通《とお》り過《す》ぎました。危《あぶ》ないところでした。茶っぽの家族も何とか道を渡りました。全員《ぜんいん》が渡り終《お》わるとみんなはさらに西へ歩き始《はじ》めました。

長く暮《く》らした西山ともこれでお別《わか》れです。八人は立ち止まって、西山にお別れを言いました。

それからも危険《きけん》な道をよけるように歩き続《つづ》けて、翌朝のお日様《ひさま》がのぼるころ、ポンタと茶っぽの家族《かぞく》はやっと目指《めざ》す西の小山に着《つ》きました。そこで新しい暮《く》らしが始まるのです。

次《つぎ》の日、お昼のチャイムの鳴るころです、ポンタはやはりあの大きな木の下のベンチに座《すわ》っていました。遠くなった新しい山のおうちから、広い道路《どうろ》を渡《わた》らずにぐるっと遠回りをして、このベンチにやってきたのです。お山では、西も東も工事《こうじ》が始《はじ》まって、残《のこ》ったのはこのコナラの木と南側《みなみがわ》に新しくつくられたほんの小さな公園だけになってしまいました。

あとはどこを見てもブルドーザーが削《けず》った地面《じめん》や、コンクリートで固《かた》められた地面で、去年《きょねん》まであった緑《みどり》の木々はどこにも見当たりません。

でも、ポンタはポン子との約束《やくそく》を守《まも》りました。いつかポン子がまたこの木の下にやってくるかもしれないのです。そのとき、もしぼくがいなかったらポン子はがっかりするだろうな、そう思うからポンタは引《ひ》っ越《こ》した翌日《よくじつ》でも遠い道のりを歩いてやってきたのです。

ここへたどり着くと、まずポンタはコナラのどんぐりを拾《ひろ》いました。それから、ポン子からもらった小箱《こばこ》をいっぱいにして、ベンチに腰《こし》かけました。ちょうどそのころにお昼のチャイムが鳴りました。辺《あた》りをぐるりと見回してみましたが、ポン子の姿《すがた》はありません。

「ポン子！」ポンタはもう木々のなくなった東の山に向《む》かって小さく呼《よ》んでみました。でも、何の返事《へんじ》もありません。ポンタはまた遠い道のりを西の新しいおうちへ帰りました。

それからも毎日、ポンタは約束の木へ通いました。

18　コナラとの別《わか》れ

やがて、二年がたちました。今日《きょう》もポンタはコナラの木へ向《む》かいました。コナラの木の辺《あた》りで、何やら人だかりがしているのが見えました。なんだろう？ポンタは足を止めて木陰《こかげ》に身《み》を隠《かく》しました。

数人がかりで「保存樹《ほぞんじゅ》」の札《ふだ》を外しているのが見えました。この木は人間がずっと残《のこ》すと決《き》めた木だとお父さんが言っていた。それなのになぜだろう？ポンタの胸《むね》に不安《ふあん》がよぎりました。人々は札を外すと、大きな電動《でんどう》のこぎりでコナラの根元《ねもと》に歯《は》を入《い》れ始《はじ》めたのです。

「キーン」という音が空高く響《ひび》きました。ポンタには、それがまるでコナラが「助《たす》けて」とさけぶ声のように聞こえました。

のこぎりの歯が深《ふか》く入っても、コナラの木は地面《じめん》に根を張《は》って立っていました。

「がんばれ」思わずポンタは心の中でさけびました。

でも、ついに大きな木は「ドドドド」と地面をとどろかせてくずれていきました。

「ずっと残す、と人間が約束《やくそく》したはずなのに」

とうとう、ポン子がここに来るための目印《めじるし》が消《き》えてしまったのです。

人間たちが帰るのを見届《みとど》けてから、ポンタは倒《たお》されたコナラの木に近づきました。

ポンタがそっとふれると、ごつごつとした幹《みき》はまだ息《いき》をしているようでした。

ポンタはこの大きなコナラと過《す》ごしたたくさんの日々を静《しず》かに思《おも》い浮《う》かべました。

コナラの葉《は》は春に暖《あたた》かい風を運《はこ》んでくれました。

夏にはしげった葉っぱが木陰《こかげ》をつくって、かんかんに照《て》る太陽《たいよう》をさえぎってくれました。

秋には何万というどんぐりを落《お》としてくれました。

冬には茶色の落《お》ち葉《ば》をたくさん落として、歩くたびにカサカサと鳴って、なんだか楽しくって踊《おど》りだしてしまいます。

そのコナラの大木がいまは地面《じめん》に身《み》を投《な》げ出《だ》して倒《たお》れています。

ポンタはひざまずいて身をかがめ、太い幹《みき》に耳をつけてみました。すると、大きな木は「ヒューヒュー」とやっと聞こえるくらいの弱い息《いき》をしていました。でも、だんだんそれも小さくなって、ついには静《しず》かな眠《ねむ》りにつきました。

太い幹も細い枝《えだ》もその先の何万という小さな葉《は》も、動《うご》かないただの形になりました。

ポンタの目からは大粒《おおつぶ》の涙《なみだ》が次《つぎ》から次へあふれました。涙はコナラの木の肌《はだ》に落ちて、吸《す》いこまれていきました。ポンタはコナラの木を両手《りょうて》で抱《だ》きしめました。そして、ごつごつした幹にそっとキスをして、小さな声でコナラの木に「さようなら」とお別《わか》れを言いました。

ふと身を起《お》こして周《まわ》りを見ると、あのベンチが原っぱの端《はし》っこに追《お》いやられ

保存樹

ているのが見えました。ポンタはそっとベンチに腰《こし》かけてみました。ちょっと傾《かたむ》いてはいるけれど、ポンタが座《すわ》っても壊《こわ》れません。そして、目を閉《と》じるとどこからかポン子の声が聞こえてくるようでした。約束《やくそく》したあの日のかわいい声が。「きっと来るからね、約束するよ」

もうこれからは、コナラがどんぐりを落《お》とすこともありません。

ポンタはベンチを下りて、一生懸命《いっしょうけんめい》にどんぐりを拾《ひろ》い始《はじ》めました。

次《つぎ》の日も、また次の日も、ポンタはここへやってきて、落ちているどんぐりをいっぱい拾いました。

19　壊されたベンチ

やがて、また春がやってきました。

いまではすっかり造成《ぞうせい》されてしまったお山に、町からお昼のチャイムが聞こえてきました。

今日《きょう》もポンタはあのベンチに座っているでしょうか？

いました、いました。今日もポンタはベンチにいました。

その手にはどんぐりの入った小箱《こばこ》がしっかりと握《にぎ》られていました。ポンタがここで一生懸命、拾《ひろ》い集《あつ》めたどんぐりです。

コナラが落とした最後《さいご》のどんぐりでした。

おや？　ポンタの毛はなんだか少し汚《よご》れてところどころうすくなっています。

そういえば、このごろ向《む》こうの山では、タヌキの間で「カイセン」という病《びょう》気《き》がはやっているそうです。食《た》べ物《もの》が足りなくて体が弱ったタヌキにはやる病気で、ひどくなると全部毛《ぜんぶけ》が抜《ぬ》けて目も見えなくなってしまうこわい病気らしいのです。ポンタはだいじょうぶでしょうか？

「アッ！」

ある日のこと、ポンタがやってくるとベンチがありません。辺《あた》りを探《さが》すと、原っぱのすみに小さな板切《いたき》れが捨《す》てられていました。

見ると、それはあのベンチの板切れでした。ところどころにあいた節穴《ふしあな》に、ポンタは見覚《みおぼ》えがありました。なぜベンチが壊《こわ》されてしまったのだろうか？

そういえば、いつか友達《ともだち》の茶っぽが「あのベンチの場所《ばしょ》は大きな道路《どうろ》になるらしい」と言っていました。やっぱりそれは本当だったんだ。

もうこれからポン子を待《ま》つ場所《ばしょ》もありません。まもなく、ベンチの板切れもなくなってしまうでしょう。半分閉《と》じたようなポンタの目から、一筋《ひとすじ》の涙《なみだ》がこぼれました。

その日、ポンタは夕日がしずむまで壊されたベンチの横《よこ》に座《すわ》っていました。辺りが暗《くら》くなると、ポンタはどんぐりを入れた小箱《こばこ》に周《まわ》りの土をかき集《あつ》めて入れました。それから、そっと地面《じめん》に置《お》いて、よろけながらとぼとぼと西へ帰っていきました。ポンタの体はボロボロでした。ふさふさしていた美《うつく》しいしっぽは、まるで糸のようにやせていました。

その日から、二度《にど》とポンタがこの場所に来ることはありませんでした。

20　新しい町

それから、山には東も西も新しい家がどんどん建《た》って大きな町ができました。広い道路《どうろ》ができて車がびゅんびゅん通っています。小学校ができて、大きなデパートができて、人間がたくさん住《す》むようになりました。コナラの木の下のベンチのあった場所は、ちょうど西と東へ行く道路の交差点《こうさてん》になっていました。

ある日、学校帰りの子どもたちが十人くらい、ふざけっこしながら歩いていました。

ちょうどコナラの下のベンチのあった場所の辺りに来たときです。

ひとりの子どもが何かを見つけて言いました。

「アッ、あそこに小さな箱《はこ》があるよ」

みんな、いっせいにかけよりました。

「ほんとだ、なんだか古くて汚《きたな》い箱だね」

「何が入っているのかな」

「開《あ》けてみようよ」

「でもこわいよ」

「1、2、3で開けてみようよ」

「1、2、3」

「あっ、どんぐりだ」

「たくさん入っている」

「みんな芽《め》が出ているよ」

それは、ポンタが置《お》いていった小箱《こばこ》でした。

「すみっこに木の葉《は》が入っているよ」

「何か字が書いてある」

「読める？」

「読めないよ」

「葉っぱに傷《きず》がついているだけかもしれないよ」

「でも、やっぱり文字《もじ》のようだよ」

「じゃあ、町の図書館《としょかん》に行って調べよう」箱を見つけたかける君が提案《ていあん》すると、みんなそうしようと意見《いけん》が一致《いっち》しました。

一度《いちど》、家に帰ってランドセルを置いてから、子どもたちは町の図書館に集《あつ》まりました。

かける君の手には、しっかりと木の葉が握《にぎ》られています。

子どもたちは司書《ししょ》のお姉さんにまず相談《そうだん》しました。

「あのー、この文字《もじ》を調《しら》べたいんです」

「うーん、むずかしいわね、何語かしら?」

「わかりませんか?」と子どもたちが聞くと、

「どこで拾《ひろ》ったの?」とお姉さんが聞きました。

「西の交差点《こうさてん》のところです」とかける君《くん》。

「あそこはつい最近《さいきん》、道路《どうろ》ができたところだから、もしかしたらその前に住《す》んでいた人が落《お》としたものかもしれないわね」

「その前は何があったんですか」

「山だったのよ、とても深《ふか》くて広い山があったの」

「ちょうど昔《むかし》の写真《しゃしん》があるから、見てごらんなさい」とお姉さんは一冊《いっさつ》の本を持《も》ってきました。そこには、かける君が引《ひ》っ越《こ》してくる前の町の姿《すがた》が映《うつ》っていました。

子どものなかのひとりが言いました。

「わたしの家は農家《のうか》だけど、この山は昔は大切な山だったそうよ」

別《べつ》の子どもが言いました。

「わたしのお母さんが言ってたわ、山を壊《こわ》さなくてもいいのにって」

すると別の男の子が言いました。

「でも、山をもうだれも使《つか》わなくなったから、ただ反対《はんたい》するだけでは残《のこ》らないって
お父さんが言ってたよ」

かける君は、そんなことがこの町であったことを少しも知りませんでした。

みんないろいろ考えていたんだ、そう思いました。

でも、肝心《かんじん》の文字がわかりません。

お姉さんが言いました。

「あの棚《たな》にいろんな国の辞書《じしょ》があるから、まずそれを調べてみてはどうかしら」

子どもたちは辞書の並《なら》んでいる棚にやってきました。英語辞典《じてん》を開《ひら》いてみま
したが、葉《は》っぱの文字は見当たりません。ドイツ語辞典にものっていません。

そこで、次《つぎ》に葉《は》っぱの図鑑《ずかん》を開いてみました。でも、文字《もじ》つき葉っぱはどこにも出ていません。それから手分けして、図書館《としょかん》の端《はし》から端まで探《さが》しましたが、葉っぱの文字を読むための本はどこにもありませんでした。

「もう帰ろうよ、これは文字じゃなくて葉っぱに偶然《ぐうぜん》についたただの傷《きず》かもしれないよ」

「帰ろう、帰ろう」とみんなはあきらめて図書館を出ようとしました。

そのとき、かける君《くん》は図書館のいちばん奥《おく》のすみの方に「廃棄処分《はいきしょぶん》」と書かれた棚《たな》があることに気づきました。その棚のいちばん下のいちばん端っこに、古くてうすっぺらい色あせた本がありました。なんだか胸《むね》がドキドキしました。手にとってページをぱらぱらとめくってみると、そこには葉っぱの傷と同じ文字が書かれていました。

本の表紙には、「タヌキ語辞典《じてん》」と書かれていました。

「あった！」かける君は思わずさけびました。

みんなが引《ひ》き返《かえ》してきました。それから文字を一つ一つ解読《かいどく》していきました。

「)(はこ、//はの、(は……」全部《ぜんぶ》を読《よ》み解《と》くころにはもう辺《あた》りはうす暗《ぐら》くなって、図書館の閉館《へいかん》時間になっていました。

図書館を出ると、みんなは息《いき》を切らしてかける君の家に走りました。それからかける君の机《つくえ》の上に置《お》いた小箱《こばこ》を開《あ》けて、少しずつどんぐりを分けて大切に自分の家に持《も》ち帰《かえ》りました。

次の日、子どもたちはどんぐりを思い思いの場所《ばしょ》に埋《う》めました。ある子は自分の家の庭《にわ》へ、ある子はマンションの中庭へ、ある子は小さな児童《じどう》公園へ、ある子は歩道の街路樹《がいろじゅ》の下に、ある子はベランダの植木鉢《うえきばち》に。

それから数年がたちました。子どもたちがまいたコナラのどんぐりの芽《め》はぐんぐんのびて、いつの間にか大きな木になりました。

風が吹《ふ》くたびに緑《みどり》の葉っぱが音を立ててそよぎます。そしてまた数年後、コナラの木は毎年何万というどんぐりを落《お》とすようになりました。空から見ると

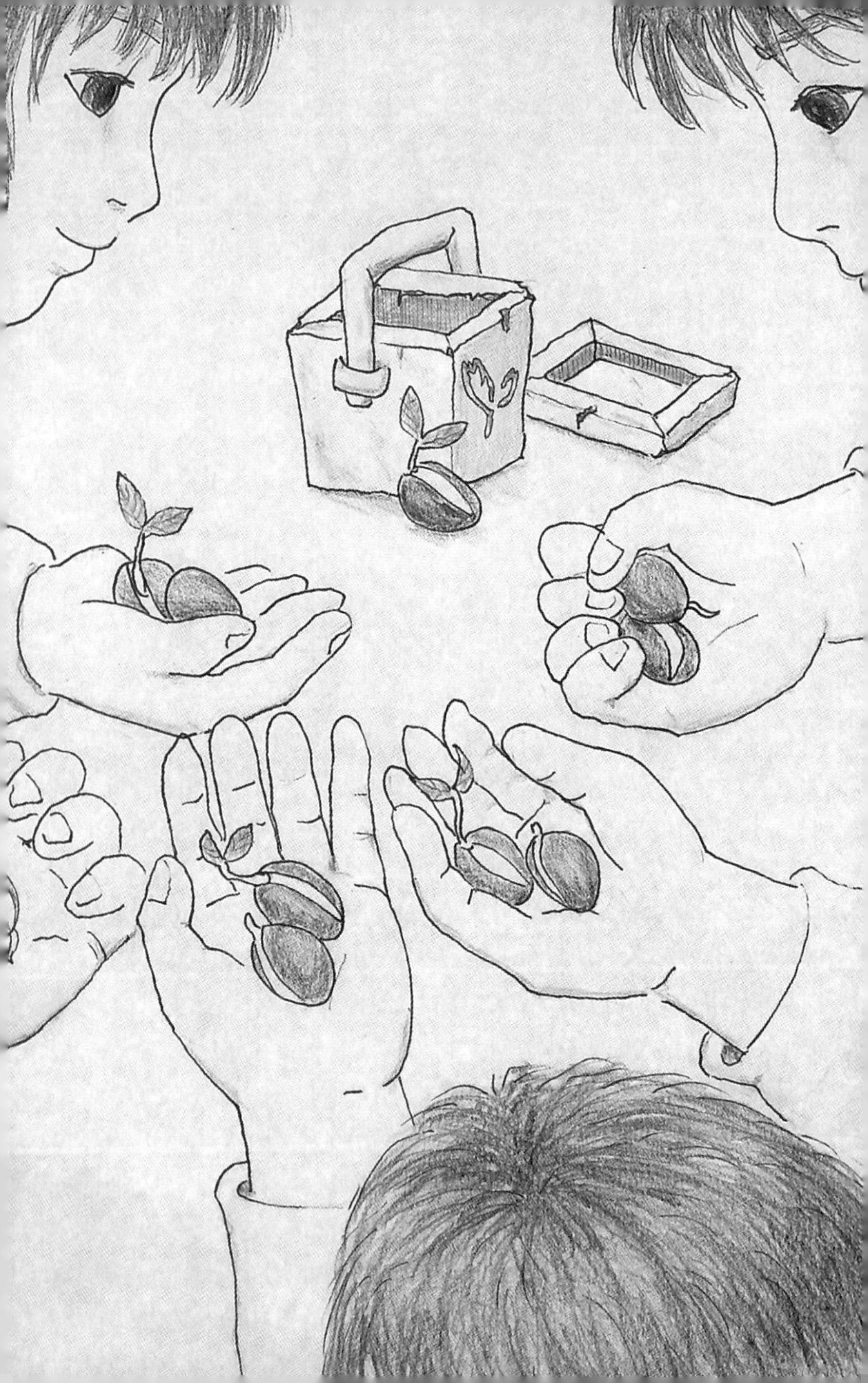

町全体が大きな枝《えだ》を広げたコナラの木でおおわれているようです。町は、緑《みどり》の町になりました。

コナラの下にはベンチが置《お》かれました。ずっとずっと前、まだここが山だったころ、ポンタとポン子が座《すわ》っていたようなベンチです。

さてみなさん、ポンタの小箱《こばこ》にはタラヨウの葉《は》が一枚《いちまい》入っていました。タラヨウの葉は分厚《ぶあつ》くて、ツメでこすると文字《もじ》が浮《う》き上《あ》がります。だから、ハガキの木とも言われているのです。

葉っぱには、ツメでこすった文字が書かれていました。

それは、タヌキ語でこう書かれていたのです。

「この木箱を拾《ひろ》った人へ。あなたの周《まわ》りにどんぐりを埋《う》めてください。約束《やくそく》の木が大きくなってぼくらがここへ戻《もど》れるように、そして、いつかまたポン子とぼくが会えますように」

21　こころ

さて、そろそろこのお話も終《お》わりです。

ポンタの願《ねが》いはポンタの手紙を読んだ子どもたちがかなえてくれました。

長い時間はかかりましたが、町は緑《みどり》いっぱいになってベンチも元のように置《お》かれたのです。

もし今日《きょう》、行ってみたらポンタとポン子の子どもたちが仲良《なかよ》くそこにチョコンと座《すわ》っているかもしれません。

あ、忘《わす》れていました。ポンタのお父さんが言った「生《い》き物《もの》みんながもっているけれど人間が使《つか》っていないもの」は何だったのでしょうか?

ポンタはそれがわかったのでしょうか?

あなたは何《なん》だと思いますか？

どうぞ考えてくださいね。そっと胸《むね》に手を当てて、静《しず》かに目を閉《と》じて。そうすれば、あなたの心がきっと答えてくれるでしょう。

でもどうしても答えのわからない人にはお教えしましょう。

それはです。

あ、失礼《しつれい》しました。これはタヌキ語でした。

あなたもどうぞ、一度《いちど》町の図書館《としょかん》に行って、タヌキ語辞典《じてん》で調《しら》べてみてください。きっと答えが見つかるはずですよ。

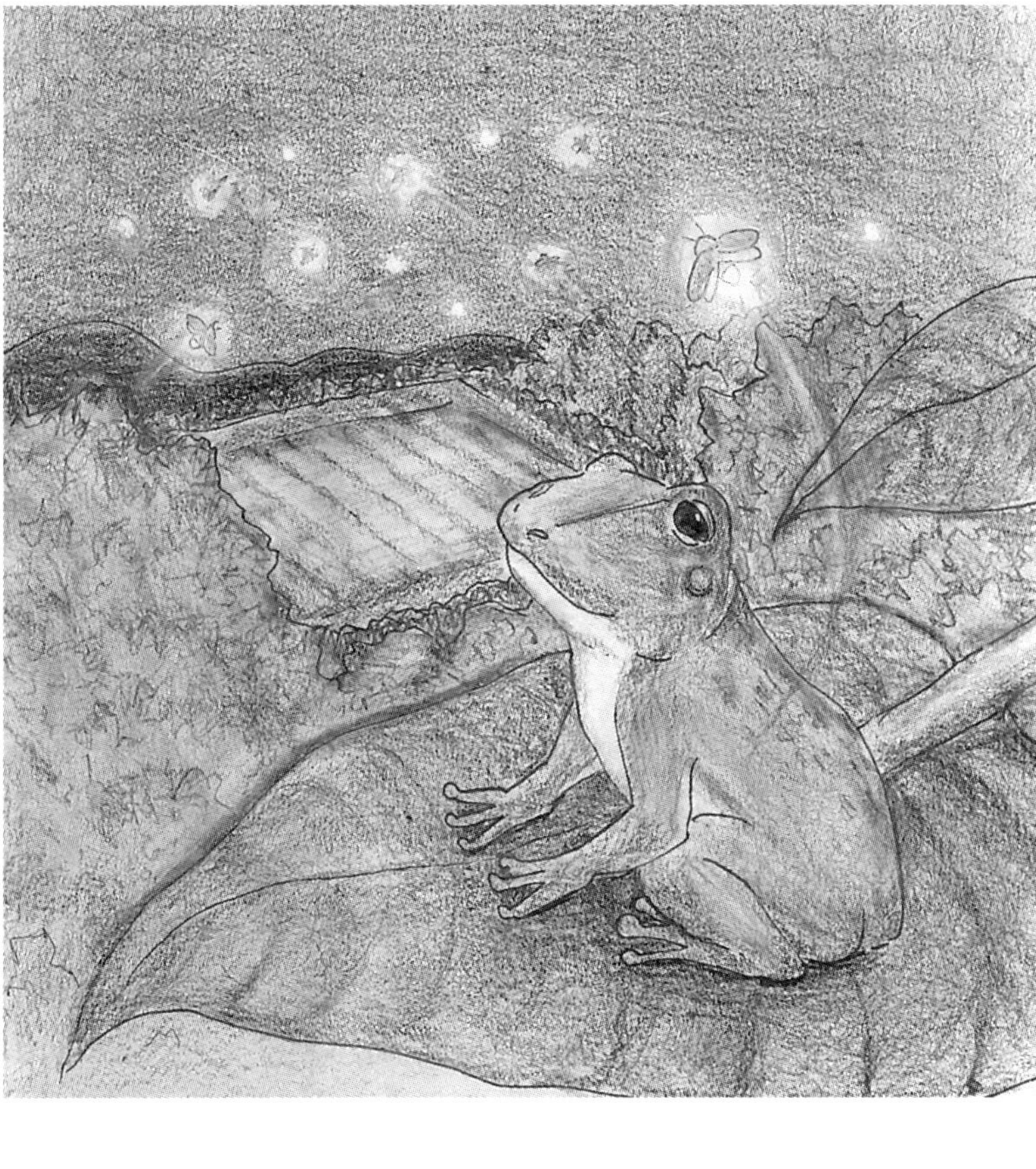

ひとりぼっちの
コロ

1　ひとりぼっちのコロ

まん丸い月の光が照《て》らすその下に、小さな田んぼがありました。

田んぼには幼《おさな》い稲穂《いなほ》が風にそよそよゆれています。

あぜ道に敷《し》きつめられたオオバコが、キラキラと夜露《よつゆ》にぬれて光ります。

オオバコの葉《は》っぱの上で、一匹《いっぴき》のカエルが小さな声でコロコロと鳴いておりました。

だから、田んぼのみんなは、このカエルを「コロ」と呼《よ》んでいました。

コロはこの広い田んぼの中で、たったひとりぼっちでした。

なぜなら、コロがおたまじゃくしだったころ、日照り続《つづ》きで田んぼは干上《ひあ》がり、無事《ぶじ》にカエルになったのはコロだけだったのです。

小さなコロには、田んぼで見るもの何もかもがめずらしくて驚《おどろ》くことばかりでした。

田んぼの底《そこ》には、三角帽子《さんかくぼうし》のカワニナがないしょ話をするように頭をくっつけて集《あつ》まっています。

耳をすますと、確《たし》かに「そうざます、そうですわ」と聞こえます。

いったい、何をうわさしているのでしょう。

「ねえ、教えて」とコロが言うと、話し声はピタッとやんでしまいました。

どろの中にもぐったり浮《う》いたりしているのは、やごです。

まるで、だれかに見つけてほしいとひとりでかくれんぼをしているみたいです。

「やごくん、みーつけた」とコロが言うと、やごはあわてて土の中にもぐってしまいました。

「だれか友達《ともだち》いないかな」コロはつぶやきました。

2　アメンボと出会う

ある夜、コロが田んぼをのぞきこんでいると、アメンボが声をかけました。

「何をじっと見ているんだい？　ぼくがそんなにめずらしいかい？」

「君は泳《およ》ぎが上手だね？　水しぶきもしないし、ぼくにはとってもできないよ」

「君にだってできるよ。ぼくの後をついてきてごらん」

コロはおそるおそる前足で水をかいてみました。

「本当だ、少し進《すす》むよ」

「そう、その調子だ。後ろ足もかいてごらん、もっと進むよ」

「ずっと速《はや》く前に進むね」

アメンボのおかげで、コロは泳ぎが上手になりました。

コロは毎日アメンボの後をついて泳ぐようになりました。

アメンボとコロはすっかり仲良《なかよ》しになりました。


ある日のことです。コロとアメンボは田んぼの上をすいすいと、前になったり後ろになったりしておいかけっこをしていました。

この様子《ようす》を稲穂《いなほ》のかげでしましま模様《もよう》の大きなヘビがじっと見ていました。

ヘビは、三日間何も食べていなくて腹《はら》ぺこでした。今日は獲物《えもの》をねらってこの水田にやってきたのです。

夢中《むちゅう》で泳いでいたふたりは待《ま》ちぶせしているヘビに気づきません。

どんどんヘビに近づきます。

「いまだ」とヘビは金色の目を見開《みひら》いて、思いきり大きな口を開《あ》けました。

そのとき、ヘビの目の前をホトケドジョウが横切《よこぎ》りました。

ヘビはホトケドジョウをあっという間に飲《の》みこみました。

「危《あぶ》なかったな、もう少しで食われるところだった。あれはヘビといって、この辺《あた》りでいちばんおそろしい生《い》き物《もの》だ。カエルが大好物《だいこうぶつ》だから、よく覚《おぼ》えておくといい」

こう言うと、アメンボはスーッとどこかへ行ってしまいました。

コロはいま見た光景《こうけい》が頭から離《はな》れませんでした。

おまけにカエルが大好物だなんて、なんてこわい生き物なのだろう。

「もうアメンボ君《くん》と遊《あそ》ぶのはやめよう」コロはそう思いました

3　カタツムリの友達《ともだち》

コロはまたひとりぼっちで田んぼのあぜで休んでいました。

このごろは毎日雨がじとじと降《ふ》って、お日様《ひさま》もあまり顔を出しません。

山アジサイが大きな丸い花を重《おも》そうにつけて、いまにも水面《すいめん》につきそうです。

よく見ると、アジサイの葉《は》には糸のようなものがきらきら光っています。

「なんだろう?」近づいてみると、きらきら光る糸の先に丸い石のようなものがのっています。

確《たし》かめようとコロが飛《と》びのると、葉っぱが大きくゆれて、コロは地面にたたきつけられました。丸い石もいっしょです。

「いてて、こら、何をするんだ！」

丸い石から声がして、にょきにょきと角《つの》と目玉が出てきました。

「あやうく大事《だいじ》な家が壊《こわ》れてしまうところだったじゃないか！」

「ごめんなさい、君《きみ》はだれ？」

「わしはでんでんむし、別名《べつめい》かたつむりさ。ゆっくり休んでいたのに、とんだことだ」


カタツムリはアジサイの葉《は》に戻《もど》ろうと地面《じめん》をのろのろ歩《ある》き始《はじ》めました。

コロは先に葉っぱに飛《と》びのってカタツムリを待《ま》ちました。

カタツムリがエッチラオッチラアジサイの葉に上がってきたころには、雨はやんで夕焼《ゆうや》けが辺《あた》りを染《そ》めていました。

「カタツムリさんは足が遅《おそ》いんだね」

「ああ、一日歩いても少ししか進《すす》まないんだ。おまけにかんかん照《で》りの日は、体が乾《かわ》いて動《うご》けんし」

「でも、歩いた足あとがきらきら光ってすてきだね。ぼく、君と友達《ともだち》になってもいい？」

「あー、いいさ。いつでも遊《あそ》びにおいで」

それから、コロは毎日アジサイの葉を訪《たず》ねました。

カタツムリは動かないのでコロは少し退屈《たいくつ》でしたが、泳《およ》いで遊んで疲《つか》れるとカタツムリのそばでひと休みして、外で見てきたことをカタツムリに話して聞かせるのでした。

4　カタツムリのおしえ

雨が続《つづ》いた午後のことです。

「いっしょに出かけよう」コロはカタツムリをさそいました。

今日のカタツムリは丸い殻《から》が虹《にじ》のように光っていて、とてもきれいでした。

カタツムリは、「そんなに言うなら出かけよう」とゆっくりゆっくり動《うご》き始《はじ》めました。

コロは先にアジサイの根元《ねもと》でカタツムリが下りるのを待《ま》ちました。

ゲンゴロウやタニシがめずらしがって、ふたりを見にきました。

コロはうれしくなって飛《と》びはねて進《すす》みます。

でもカタツムリが遅《おそ》いので、五歩行っては四歩戻《もど》り、六歩行っては五歩戻ってカタツムリを待ちました。

いつものあぜ道に来たそのときです。ヘビが草陰《くさかげ》からじっとこちらを見ていることに気づきました。

「ヘビはぼくをねらっている。逃《に》げなくっちゃ」

コロがとびたとうとしたそのときです。

「しっ、じっとするんじゃ」「どうして?」「いいから、動くんじゃない」

コロは身をちぢめて丸くなりました。ヘビは音を立てずに近づいてきます。

とうとうふたりの目の前までやってきて、大きな口を開《あ》けました。

「もうだめだ」コロは思わず目をつぶりました。

でも、ヘビは突然《とつぜん》身をひるがえして戻っていきました。

「よかった」

「ヘビにはおれたちが石に見えたんじゃ。ときにはわしみたいにゆっくり動かずにいるほうがいいときもあるんじゃよ」

「カタツムリさん、ありがとう」

ときにはカタツムリさんのようにじっとしていることも大切だ、とコロは知りました。

カタツムリは本当によいお友達《ともだち》です。

次《つぎ》の日の朝早く、コロはカタツムリを訪《たず》ねました。

けれども、アジサイの葉《は》っぱにカタツムリの姿《すがた》はありません。

「カタツムリさーん」いくら呼《よ》んでも返事《へんじ》はありません。

アジサイの下にすんでいるダンゴ虫が言いました。

「梅雨《つゆ》も終《お》わったからね。もっとしめったところに引《ひ》っ越《こ》したんじゃないかな」

コロはまた、ひとりぼっちになってしまったのです。

5　ホタルのひかり

むし暑《あつ》い日が続《つづ》いた夜です。コロは小さな青白い光が空を舞《ま》っているのに気づきました。

光は空高く飛《と》んだかと思うとすっと地面《じめん》の草むらに落《お》ちたり、稲穂《いなほ》から稲穂へ輪《わ》をかいたり、自由自在《じゆうじざい》に舞っています。

それはホタルの光でした。あぜの中で眠《ねむ》っていたホタルの幼虫《ようちゅう》が、ようやく大人になって外の世界《せかい》へ出てきたのです。

ホタルは日ごとに数をまし、夜になると小さな田んぼは明るくかがやき始《はじ》めました。

あぜは星くずが散《ち》りばめられたようにきらきら光り、稲穂にとまったホタルの光は水面《すいめん》に映《うつ》って、ダイヤモンドのように七色に灯《とも》ります。周《まわ》りの木立《こだち》ではホタルの光がクリスマスツリーのように点滅《てんめつ》し、コロはその美《うつく》しさにため息《いき》をつきました。

一匹《いっぴき》のホタルがコロに言いました。

「ぼくは君の歌が大好《だいす》きさ。ずっと土の中でコロの歌声を聞いていたからね」

ホタルはコロの歌声を子守唄《こもりうた》にして、土の中で眠《ねむ》っていたのです。

「コロ、大きな声で歌っておくれ」

コロはうれしくて毎晩《まいばん》大きな声で歌いました。ホタルも歌に合わせて舞いました。

コロはホタルを追《お》いかけて空高く飛びました。「そう、その調子《ちょうし》だ」ホタルも大喜《おおよろこ》びです。

おかげで、コロはジャンプがとても上手になりました。

真夏《まなつ》の太陽がギラギラ照《て》りつける日が続《つづ》きました。

コロはこのごろホタルの数が減《へ》ってきたことに気がつきました。

夜の田んぼのダイヤモンドも、あぜの星くずも、立木《たちき》のクリスマスツリーも、もうありません。どんなに探《さが》してもあの美《うつく》しい光は見つかりません。目の前をすっと弱々しい光が横切《よこぎ》りました。

「ホタルさん、君《きみ》たちはどうしていなくなってしまったの？」

コロは最後《さいご》のホタルにたずねました。

「カエル君、ぼくたちは卵《たまご》を産《う》むために土から出てきたんだ。だから、その仕事《しごと》が終《お》わったら、いなくなるのさ。でも、ぼくたちが消《き》えてもさびしがらないでね。いつかきっと、心が通じ合う友達《ともだち》が見つかるよ」

そう言って、ホタルは地面《じめん》に落《お》ちました。

コロはまたひとりぼっちになりました。

6　まん丸い月

さびしいコロは田んぼをぼんやり見ていました。すると丸くて金色にきらきら光るものが水面に浮《う》かんでいるのに気がつきました。

「あれはホタルさんかしら」まるでホタルの光がたくさん集《あつ》まったようでした。それは水面に映《うつ》る月の影《かげ》でした。

ゆらゆらゆれる月の姿《すがた》は、コロにはどんなものよりも美しいものに思われました。友達になりたい、コロはそう思いました。

月が雲に隠《かく》れて消えてしまったときは、心配《しんぱい》で歌う力も消えてしまいます。

そしてふたたび月が雲から出てきて田んぼに映ると、コロの小さな胸《むね》はまるで大きな灯《ひ》がついたように喜《よろこ》びであふれ、美しい声で歌うのでした。

ゆらゆらゆれる月の影《かげ》に一度《いちど》でいいからさわってみたい、コロはそう思いました。


ある日コロは月の影に向《む》かって泳《およ》いでいきました。

ふれてみたい、話してみたい、その気持《きも》ちがおさえきれなくなったのです。

大きくなった稲穂《いなほ》の間を泳いでコロは月の影に近づきました。

すると水面《すいめん》がゆれて月の影もまるで泣《な》いているようにゆらゆらとゆれました。

コロは月の姿《すがた》にふれようと手《て》の平《ひら》に水をすくいました。

すると月の光は、手の平からボロボロとこぼれてゆきました。

確《たし》かにふれたつもりなのに、そこにはさざめきゆれる水があるばかりでした。

コロは不思議《ふしぎ》に思ってまた岸辺《きしべ》に戻《もど》りました。そして今いたところを見ると、そこにはやはり大きな金色の月の影があるのです。

それから、コロはますます月の影が好《す》きになりました。

毎日、コロは月の影に向かって歌いました。美《うつく》しい歌声は天高く空へのぼっていきました。

それからも毎日コロは月に会いに行きました。

それでも、月をすくうことはできませんでした。

「君はどうして何も言わないの？　ぼくは君に毎日呼《よ》びかけているんだよ」

月はだまっているばかりです。

「ぼくの宝物《たからもの》をあげるから、どうかぼくと友達《ともだち》になってね」

コロは持《も》ってきた小さなぐみの実《み》を月の影に落《お》としました。

ぐみの実は月の影をゆらしながら水底《すいてい》にしずんでいきました。

月の影は何も言わずにそこにあるだけでした。

さわれない、美しい月の影にコロは心をうばわれました。

毎晩《まいばん》、月の影《かげ》に向《む》かって歌いました。

歌声は田んぼ全体《ぜんたい》に響《ひび》き渡《わた》り、生《い》き物《もの》たちみんなを幸《しあわ》せな気持ちにさせました。

ある日、コロは丸い月の影がだんだんと欠《か》けていることに気づきました。

「自分がすくいにいったからかしら?」

大好《だいす》きな月の影が消《き》えてしまわないかと心配《しんぱい》で、このごろは歌声まで小さくなってしまいました。

コロの声が小さくなったことに田んぼの仲間《なかま》は気づきました。

コロの歌が聞こえないと、サワガニもさびしくって地面《じめん》にもぐったままです。

やごも稲穂《いなほ》でじっとしています。

いよいよ月は細くなり、水面には糸のような影が見えるばかりになりました。

コロは、月の影が消えないように、つかまえにいこうと決心《けっしん》しました。

田んぼの真《ま》ん中《なか》までたどり着《つ》くと、注意深《ちゅういぶか》くそうっと、線のように細くなった月の影をすくい上げました。

月の影は手の中でゆらゆらとゆれてくずれて消えてしまい、二度《にど》と元には戻《もど》りませんでした。

コロは悲《かな》しみました。

コロはまた、ひとりぼっちになってしまったのです。

7　ケルとコロ

真《ま》っ暗《くら》なあぜに、コロはひとりさびしくたたずんでいました。

そのとき、小さくケルケルと歌う声を聞いたような気がしました。

真っ暗やみの田んぼの奥《おく》をよく見ると、大きな葉《は》っぱが浮《う》かんでいます。

声はその上から聞こえてくるようです。

コロは、おそるおそる葉っぱに向《む》かって泳《およ》いでいきました。すると、声はパタリとやみました。コロは泳ぎをやめました。すると、また歌が始《はじ》まります。

コロが近づくと、葉っぱの上には茶色い小さなカエルの女の子がのっていました。

「こんにちは、ぼくはひとりぼっちのコロ」

「わたしはケル。ひとりぼっちのカエルなの。わたしには兄弟がたくさんいたけれど、田んぼが埋《う》められてわたしひとりが残《のこ》ったの」

「じゃ、ぼくと同じだね。でもどうやってここへたどり着《つ》いたの？」

「あなたの歌声をたよりにここへ来たのよ。きれいなきれいな歌声よ」


「君《きみ》のところへ行ってもいいかい？」

「どうぞ」

コロが葉っぱに飛《と》びのると、葉っぱがゆれてふたりは水の中に落《お》ちました。

ようやく葉っぱによじのぼると、ふたりは顔を見合わせて大笑《おおわら》いしました。

見ると、ケルは前足の指《ゆび》から血《ち》がにじんでいました。

「どうしたの？」

「ここへやってくるとちゅう、こわいサギに追《お》いかけられて、あわてて逃《に》げたらカナムグラのとげが刺《さ》さってしまったの」

「薬《くすり》をつけなくっちゃ」

「カナブンさんに聞いたら、ドクダミ草が効《き》くっていうの。でもわたし、指《ゆび》がいたくて歩けないの」

「ぼくが探《さが》してくるよ」

「でも、ドクダミ草はずっと離《はな》れたところにあって、とちゅうにはこわいヘビやサギがいるわ」

「だいじょうぶ、きっと持《も》ってくるよ」


そう言うと、コロは田んぼに飛《と》びこみました。

田んぼをすいすいと泳《およ》いで反対《はんたい》の岸辺《きしべ》に着《つ》くと、あぜ道を渡《わた》って山ぎわのドクダミをたくさんつみました。

とちゅうでヘビがやってきたけど、カタツムリに教えられたようにじっとしていると、ヘビは通《とお》り過《す》ぎていきました。サギが来たときも、ホタルに教わった得意《とくい》のジャンプで逃《に》げました。友達《ともだち》が待《ま》っている、だから勇気《ゆうき》を出さなくちゃ。コロはそう思いました。

急《いそ》いで戻《もど》ると、ケルは元の場所《ばしょ》でじっとしていました。

ドクダミの汁《しる》をつけると、指の傷《きず》は小さくなっていきました。


それからふたりはここでいっしょに暮《く》らすことにしました。

コロは大きな声で歌いました。

すると、ケルも合わせて歌いました。

けるけるけろけろころころるるる……。

ふたりの歌声は、夜の田んぼから高く高く天の上まで届《とど》きました。

月が言いました。

「やれやれ、コロがやっと元気になったわ」

星も言いました。

「ようやく本当のお友達《ともだち》を見つけたのよ、きっと」

月がにっこり笑《わら》いました。

「また田んぼがにぎやかになりますね」

□作・菊池和美（きくち かずみ）

東京都清瀬市出身、稲城市在住。東京理科大学薬学部卒、早稲田大学法学部修士課程卒。
昭和 62 年に「稲城の自然と子どもを守る会」を結成し、親子で稲城の自然と触れ合う活動を続ける。会の活動が第 2 回コカコーラ環境教育賞を受賞。その後「南山の自然を守る会」の代表を経て現在は都市農業を応援する活動や、お年寄りからの聞き書きの記録、市民劇団の脚本も手掛ける。
平成 27 年、小説『梨下の太陽』で明治大学連合父母会文学賞「倉橋由美子文芸賞」佳作受賞。「真円の夢」で平成 28 年農民文学賞最終ノミネート。
東京都薬用植物講師、薬剤師、4 児の母。
著書
『ふるさとむかしむかし』クロストーク、2008 年
『南山の生きものたち写真集』共著、2009 年
『地域農業ミュージアム』トーク出版、2011 年
『星になりたかったハンミョウ』（里山の生き物たち・1）てらいんく、2013 年
『ノウサギとヤマユリ』（里山の生き物たち・2）てらいんく、2014 年
『森のお花見』（里山の生き物たち・3）てらいんく、2015 年
稲城の梨生産組合 130 周年記念誌『梨栽培と共に生きる』で「稲城の梨百人百話」を担当、2015 年
『梨下の太陽』（自費出版） 2015 年
『真円の夢』（自費出版） 2016 年

□絵・藤本有紀子 [Yuki]（ふじもと ゆきこ）

イラストレーター、画家。名古屋市出身、東京都在住。国学院大学文学部卒。武蔵野美術大学中退。

小さい頃から動物が大好きで、動物の絵を多く描き続けています。画材は水彩絵具の他、ペン、パステル、デジタルソフトも使って作成しています。

「あさんライブミュージアム物語」（2005 年、あさんライブミュージアム運営協議会発行）のイラスト、デザイン。

北東画廊（2004 年）、アカシア画廊（2006 年）、ギャラリー日比谷（2006 年〜）等にて個展を開催。

約束の木

発行日　2017年2月21日　初版第一刷発行
著　者　菊池和美
装挿画　藤本有紀子
発行者　佐相美佐枝
発行所　株式会社てらいんく
〒215-0007　神奈川県川崎市麻生区向原3-14-7
TEL　044-953-1828　FAX　044-959-1803
振替　00250-0-85472
印刷所　株式会社厚徳社

ISBN978-4-86261-124-6　C8093

●里山の生き物たち・1

星になりたかった ハンミョウ

作・菊池和美　　絵・稲田善樹

ほかの虫を食べて成長するハンミョウはある日、命を食べる悲しみに気づき……。

〈絵本〉B5判・上製・42頁・本体1,600円＋税

●里山の生き物たち・2

ノウサギとヤマユリ

絵と文・菊池和美

里山で出会い、心をかよわせるようになった若いノウサギと一輪のヤマユリ。しかし、しだいにヤマユリは弱っていき……。

〈絵本〉B5判・上製・24頁・本体1,000円＋税

●里山の生き物たち・3

森のお花見

作・菊池和美　　絵・小山 混

今日は森の動物たちが待ちに待ったお花見の日。みんなで楽しんでいると、そこに怒った森の王様・オオタカが現れ……。

〈絵本〉B5判・上製・24頁・本体1,200円＋税